小红马

THE
RED PONY

John Steinbeck

〔美〕约翰·斯坦贝克 著

董衡巽 译

人民文学出版社
PEOPLE'S LITERATURE PUBLISHING HOUSE

John Steinbeck
The Red Pony

图书在版编目(CIP)数据

小红马/(美)约翰·斯坦贝克著;董衡巽译. —
北京:人民文学出版社,2018(2022.7重印)
(约翰·斯坦贝克作品系列)
ISBN 978-7-02-014733-5

Ⅰ.①小… Ⅱ.①约… ②董… Ⅲ.①儿童小说-短
篇小说-小说集-美国-现代 Ⅳ.①I712.84

中国版本图书馆 CIP 数据核字(2018)第 269002 号

责任编辑　甘　慧　邱小群
封面设计　钱　珺

出版发行　人民文学出版社
社　　址　北京市朝内大街 166 号
邮政编码　100705

印　　制　上海盛通时代印刷有限公司
经　　销　全国新华书店等

开　　本　890 毫米×1240 毫米　1/32
印　　张　3.375
字　　数　70 千字
版　　次　2019 年 3 月北京第 1 版
印　　次　2022 年 7 月第 3 次印刷

书　　号　978-7-02-014733-5
定　　价　35.00 元

如有印装质量问题,请与本社图书销售中心调换。电话:010 - 65233595

目
录

一　礼　物

天亮的时候，贝利·勃克从简易棚出来，在门廊上站了一会儿，抬头看看天色。他是一个小个子，宽肩膀，两条腿向外弯曲，长长的胡子，两只手很宽厚，手掌肌肉发达。他的眼睛是浅灰色的，像在沉思，头戴斯特逊帽①，从帽子底下伸出来的、银灰色的头发，硬得跟钉子似的。贝利一边站在门廊上，一边还在往他的蓝裤子里塞衬衣。他松了松裤带，再把它系紧。从皮带每一个孔旁边磨得发亮的地方看来，贝利这几年来腰肚渐渐粗大了。他观察过天气之后，用食指轮番地揿着一只鼻孔，使劲地擤另一只鼻孔。然后他搓搓手，走到牲口棚里去。他梳一梳两匹备鞍的马身上的毛，刷它们的身子，还一直轻轻地同它们说着话；他刚刚梳刷完毕，牧场房子里的三角铁就响了。贝利把刷子和马梳搭在一起，放在栏杆上，过去吃早饭。他的动作不紧不慢，又不耽误时间，他走到房子前面的时候，蒂弗林太太还在敲打三角铁。她朝他点了点她那满是灰头发的头，回到厨房。贝利·勃克坐在台阶上，他是养马的雇工，不适合头一个进餐室。他听见蒂弗林先生在房子里面，正蹬着脚穿靴子。

三角铁发出刺耳的声响，乔迪这个孩子就行动起来了。他才

---

① 美国西部牛仔戴的宽边毡帽，斯特逊是帽子制造商的名字。

十岁，是一个小男孩，头发是土黄色的，灰色的眼睛腼腆斯文，想起心思来嘴巴一动一动的。三角铁一响，他醒了。他没有想到不去理睬那个刺耳的声音。他从来没有这么想过，他知道别人也没有这么想过，他撩一撩乱糟糟的头发，不让它遮住眼睛，脱下睡衣。一会儿他穿好了衣服——一件蓝条纹布衬衫，一条工装裤。这是夏末季节，当然不用费心穿鞋的问题。在厨房里，他等他妈妈用完水槽回到炉灶前头去。接着他洗脸，用手指把湿头发往上撩。他离开水槽的时候，他妈妈突然转过身来看他。乔迪感到不好意思，眼睛望着别处。

"我马上要给你理发了，"他妈妈说，"早饭放在桌上。去吧，你去了贝利才会进去。"

乔迪在长桌边上坐下，桌子上铺了一块白色的油布，油布洗得有些地方已经露出纤维来了。他们的大盘里放着一排煎鸡蛋。乔迪叉了三个鸡蛋到自己盆里，又取了三厚片煎得很脆的咸猪肉。他小心地刮掉了一只蛋黄上的一点血丝。

贝利·勃克拖着沉重的脚步走了进来。"吃了没有，"贝利解释道，"这只是公鸡留下的一点痕迹。"

乔迪高大、严峻的父亲这时候走了进来。乔迪从地板上的声音听出来他是穿着靴子，但乔迪还望了望桌子底下，看他是不是穿的靴子。他父亲拧掉桌子上面的油灯，因为现在窗户上透进了早晨的亮光。

乔迪没有问他父亲和贝利·勃克今天骑马到哪里去，他希望他能一起去。他父亲是一个讲规矩的人。乔迪样样听从，不敢提出任何问题。这时卡尔·蒂弗林坐下来，伸手到鸡蛋盘里取鸡蛋。

"牛准备好了吗，贝利?"他问。

"在低栏里呢，"贝利说，"不如我一个人赶它们去吧。"

"你一个人当然行。可是得有个伴儿。另外，你的嗓子眼也有点发干吧。"今天早晨卡尔·蒂弗林心情愉快。

乔迪母亲从门里伸进头来。"卡尔，你看你们什么时间回来?"

"不敢说。我在萨利纳斯得去看几个人。可能得天黑吧。"

鸡蛋、咖啡和大饼很快就不见了。乔迪跟着这两人走出房子，看着他们骑上马，把六头老奶牛赶出栅栏，开始上山向萨利纳斯方向骑去。他们要把老奶牛卖给杀牛的。

当他们消失在山顶后面的时候，乔迪走上房子后面的小山上。两条狗绕过房角小步跑来，耸起肩膀，高兴得龇牙咧嘴。乔迪拍拍它们的脑袋——一条叫"双树杂种"，尾巴又大又粗，黄色的眼睛；一条叫"摔跟头"，管羊群的，它咬死过一匹狼，也叫狼咬掉了一只耳朵。"摔跟头"的那只好耳朵竖得比一般的牧羊狗来得高。贝利·勃克说一只耳朵的狗总是这样的。两条狗表示过狂乱的欢迎之后，一本正经地低下鼻子嗅着地，往前跑去，不时地回过头来看看乔迪是不是跟着来了。它们穿过鸡院子，看见鹌鹑正在同鸡一起吃食。"摔跟头"追了几步鸡，这是练练腿，万一有羊群要它保护。乔迪继续向前走，穿过一大片菜地，那里绿色的庄稼长得比他的头还要高。南瓜是绿色的，还小。他走到鼠尾草那一溜矮树丛，凉泉水从管子里流出来，流进一只圆木桶里。他俯下身去，挨近长绿苔的木头边喝水，那里的水味道最好。接着他转过身来，望着牧场，看看缠着红天竺的、白粉刷过的低矮的房子，看看柏树旁边一长溜简易棚，贝利·勃克一个人在里面住。乔迪看得见柏树底下那只大黑锅。猪就是在那里烫洗的。太阳现在正爬过山脊，照得房子和牲口棚的白墙闪闪发亮，潮湿的绿草闪出柔和的光。在他后面那些高高的鼠尾草丛中间，鸟儿在地上蹦跳，干燥的树叶发出很大的声音；松鼠在山坡上尖声地叫。乔迪沿着牧场的房子一眼望去。他感到空气里有一种不能确定的东西，感到有变化发生，有所丧失，又有新的、他不熟悉的东西出现。山坡上两只又大又黑的秃鹫低低地飞向地面，它们的影子又稳又快，在前面掠过。附近有什么动物死了。乔迪知道。可能是一头母牛，也可能是一只死兔子。秃鹫不会放过任何东西。一切像样的东西都讨厌它们，乔迪也讨厌它们，但是你伤害不了它们，因为它们衔着腐肉飞跑了。

过了一会儿，乔迪逛下山来。两条狗早就离开了他，钻到树丛里干它们自己的事去了。他回到菜园子，停下来用脚跟踩碎一只绿色的甜瓜，可是他心里并不快活。他做了一件坏事，他完全明白。他踢了一些土在踩坏了的瓜上面，把它掩盖了起来。

他回到房子里，他妈妈低下头去看看他那双粗糙的手，检查他的手指和指甲。把他弄得干干净净地去上学没有什么用处，因为路上会发生很多事情。她看到他手指上黑色的裂缝时叹了一口气，接着把书和中饭给他，催他上学去——从家走到学校有一英里路。她注意到，今天早晨他的嘴巴老在动。

乔迪开始上路。他一路上都在拣小块的白色石英石，塞在衣兜里，还不时地用石头扔鸟、扔兔子，因为它们在路上晒太阳晒了这么长的时间。他过了桥，来到十字路口，遇见两个朋友，他们三个一起走，步子大得滑稽可笑，一副傻相。学校开学才两个星期。学生调皮的劲头还没有过去。

下午四点钟，乔迪又站在山顶上，往下望着牧场。他想寻找备鞍的马，但马厩是空的。他父亲还没有回来。于是他慢吞吞地做他下午的家务事。他走到牧场房子前面，看见他母亲正坐在走廊上补袜子。

"厨房里有你的两只面饼圈。"她说道。乔迪溜进厨房，回来的时候，手里拿着半只面饼圈，那一半已经吃掉了，嘴里塞得满满的。他母亲问他那天学校里学的什么，但他一嘴面饼，含含糊糊地说不清楚。他母亲不听他说，直接打断了他的话："乔迪，今天晚上你注意把柴禾箱子装满。昨天晚上，你把柴枝放得横七竖八，半箱都没有满。今天把柴禾放平了。还有，乔迪，有几只母鸡藏着蛋呢，怕给狗吃了。你在草地里找一找，看有没有窝。"

乔迪边吃边走了出去，干他的杂事。他撒谷子的时候，看见鹌鹑跑来同鸡一块儿吃。不知什么道理，他父亲很高兴鹌鹑来吃，他从来不许在房子附近打枪，怕鹌鹑吓跑。

乔迪装满木柴箱之后，拿起他那支零点二二英寸的步枪，走到灌木丛那里的清泉旁边。他又喝了几口泉水，接着拿枪瞄准各种各样的东西，瞄准石头，瞄准树枝上的鸟儿，瞄准柏树底下那只烫猪的大黑锅，但是他没有开枪，因为里面没有子弹，到他十二岁那年才能有子弹。要是他父亲发现他在朝房子方向瞄准，会再延迟一年发给他子弹。乔迪记起这一条，就没有再往山下瞄。子弹要等两年才发，这时间够长的了。父亲送他什么东西，几乎都有保留条件，这多少有点影响这些东西的价值。这个规矩倒是好的。

晚上等到天黑他父亲回来时才吃饭。他父亲同贝利·勃克进来的时候，乔迪嗅出他们呼出的气里有白兰地的香味。乔迪心里高兴，因为他父亲嘴里一有白兰地的味道，就会同他聊天，有时候甚至说说他小时候干的那些无法无天的事情。

吃罢晚饭，乔迪坐在炉子旁边，他那双斯文腼腆的眼睛望着墙角，等待他父亲开口讲他肚子里的东西，乔迪知道他有点什么新闻。可是他失望了。他父亲用手指严肃地指着他。

"你上床去吧，乔迪。早上我有事找你。"

那可不坏。乔迪喜欢派他做事，只要不是老一套的家务活儿。他瞅着地板，想问一个问题，嘴还没有张开就先在动了。"早上我们干什么，杀猪？"他轻声问道。

"你不用管了。上床去吧。"

乔迪关上门以后，听见他父亲和贝利·勃克轻轻的笑声，他知道这是在说什么笑话。后来他躺在床上，想分辨清楚那间屋里喃喃的说话声。他听见他父亲分辩道："可是，鲁丝，我没为他花多少钱。"

乔迪听见谷仓那边猫头鹰在追耗子，听见果树的枝桠轻轻地拍打房子。他睡着的时候，一头母牛在哞哞地叫。

　　早上三角铁敲响的时候，乔迪穿衣服比平时要快。他在厨房里洗脸、往后拢头发的当儿，他母亲不耐烦地说道："你吃饱了饭再出去。"

　　他走进餐室，在铺白布的长桌子边上坐下。他从大盘里拿了一张正在冒气的烤饼，放了两个煎鸡蛋在上面，又拿了一张饼盖在上面，用叉子把它们压压平。

　　他父亲和贝利·勃克进来。乔迪从地板的声音听出来，他们两人都穿着平底鞋，但他还是望望桌子底下，看是不是平底鞋。他父亲见天已经亮了，就熄掉了油灯。他表情严肃，一丝不苟，可是贝利·勃克连看都不看乔迪一眼。孩子的眼睛里发出胆怯的疑问，贝利却不朝他看，只管在他的咖啡里蘸一大片面包。

　　卡尔·蒂弗林不高兴地说道："你吃了早饭跟我们来。"

　　这时，乔迪吃不下早点了，因为他感到大难临头。贝利翘起茶托，喝光溢出在里面的咖啡，在裤子上擦了擦手，然后他们两人从桌子边上站起来，一起走出去，来到早晨的光亮之中。乔迪稍微拉开一点距离，毕恭毕敬地跟在他们后面。他不去胡思乱想，尽量做到什么都不想。

　　他母亲喊道："卡尔！你别耽误他上学。"

　　他们走过柏树，一条枝干上挂着木制钩件，这是杀猪用的；他们又从黑铁锅旁边走过，可见不是杀猪的事儿。太阳照过山冈，树木、房子都投下长长的影子。他们穿过一片苤地，抄近路来到了牲口棚。乔迪的父亲解开棚门的搭扣，他们走了进去。他们一路走来都是朝着太阳的方向。对照之下，棚里暗得跟黑夜似的，干草和牲口散发出一股热气。乔迪的父亲朝一间舍栏走去。"这儿来！"他吆喝道。乔迪现在才看得见东西。他朝舍栏里一望，马上就退了回来。

舍栏里一匹红色的马驹正瞧着他。它的耳朵紧张地向前耸着，眼睛里有一股反叛的神气。它身上的皮毛又粗又厚，像是㹴狗身上的毛，它的鬃毛很长，乱七八糟的。乔迪看得喉咙梗塞，呼吸急促。

"他得好好梳一梳，"他父亲说，"我要是听说你不喂他，不把舍栏收拾干净的话，我马上卖掉他。"

乔迪不敢再盯着小马的眼睛看。他低下头来，看了一会儿自己的手，怯生生地问道："给我的吗？"没有人回答他的话。他伸出手去摸马。小马把它灰褐色的鼻子凑过来，大声地吸着气，接着缩回嘴唇，用它强健的牙齿咬乔迪的手指。小马上下摇晃着头，好像高兴地笑了起来。乔迪看了看被咬过的手指。"啊，"他得意地说道，"啊，我看咬得蛮好的。"那两个男人笑了起来，觉得放心了。卡尔·蒂弗林走出牲口棚，独自踏上一面山坡，因为他感到窘迫，但贝利·勃克留在了棚里。跟贝利·勃克说话自在一些。乔迪又问："是我的吗？"

贝利用行家的口气说："当然！那就是，你得照看他，驯好他。我会教你怎么驯。他只是一匹驹子。你过些时候才能骑。"

乔迪又伸出他被咬过的手，这一回小红马让他擦了擦鼻子。

"我该去拿一根胡萝卜,"乔迪说,"咱们在哪儿买到的,贝利?"

"在警官拍卖的地方买的,"贝利解释说,"萨利纳斯有一处演艺赔本了,欠了债。警官刚好在拍卖他们的东西。"

小马伸了伸他的鼻子,甩一甩额毛,露出他野性未驯的眼睛。乔迪拍拍他的鼻子。他轻声问道:"有没有——鞍子?"

贝利·勃克笑了起来。"我忘了。跟我来。"

到了马具室,他取下一副红色的摩洛哥皮做的鞍子。"这是光为了好看用的鞍子,"贝利·勃克瞧不起地说道,"在林子里骑不实用,但价钱便宜。"

乔迪看着那副鞍子,简直不敢相信自己的眼睛,一句话也说不出来。他用手指头擦了擦闪闪发亮的红皮革,过了好一会儿,他说:"佩在他身上可是很漂亮。"他在搜索他心目中最宏伟、最漂亮的东西。他说:"如果他还没有取名,我想管他叫加毕仑山。"

贝利·勃克知道他心里的感受。"这名字太长。干吗不就叫他加毕仑呢?这是鹰的意思。他叫这个名字不错。"贝利感到高兴,"你如果收集他尾巴上掉下来的毛,我过些时候可以给你编一条马毛绳。你可以当缰绳用。"

乔迪想回到舍栏去。"你说,我可以牵他到学校去——给同学们看看吗?"

可是贝利摇摇头。"他还没有套笼头呢。我们把他弄到这儿来费了不少工夫。差不多是拽着来的。你快准备上学去吧。"

"今天下午我带同学们到这儿来看他。"乔迪说。

那天下午，六个小朋友比平时早半个小时翻过山来，低着脑袋使劲跑，摇晃着前臂，跑得气喘吁吁的。他们跑过房子，穿越茬地，直奔牲口棚。他们忸忸怩怩，站在小马面前，然后看着乔迪，眼睛里增添了一种新的羡慕和尊重的感情。昨天，乔迪还是一个孩子，穿着工装裤和蓝衬衣——比多数孩子安稳，甚至有点胆怯。今天，他可是不一样了。他们用千百年来古代脚夫羡慕马夫的眼光看着他。他们凭本能知道，骑在马上的人不论在体格上还是精神上都比用脚走的人强。他们知道，乔迪遇到了奇迹，不跟他们平起平坐了，地位已经在他们之上了。加毕仑把脑袋伸出舍栏，用鼻子嗅他们。

"你干吗不骑他？"孩子们叫道，"你为什么不用缎带把他的尾巴束起来，就像市场上的马似的？你什么时候骑他？"

乔迪胆子壮了起来。他也产生了马夫的优越感。"他还没有长大。这段长时间里，谁也不能骑。我要给他套上长笼头训练训练。贝利·勃克会教我怎么练的。"

"好吧，咱们不能牵他转一转吗？"

"他带不惯笼头。"乔迪说。他希望他头一次牵小马出去的时候是独自一个人。"来看看马鞍子。"

他们瞧着那副红色的摩洛哥皮鞍子，一时愣得一句话也说不出来。"它在林子里用处不大，"乔迪解释说，"不过佩在他身上挺漂亮。我也许让他光着背到林子里去。"

"没有鞍鼻子你怎么牵？"

"说不定我将来再弄一副平时用的鞍子。我父亲可能要我帮他赶牲口。"他让他们摸摸红马鞍,让他们瞧瞧马勒上铜链做的颈闩,瞧瞧两边鬓上笼头和眉带交叉地方的大铜纽扣。这一整套玩意儿太妙了。过了一会儿,他们只得走了。每个孩子都在动脑筋:他们有什么东西拿得出去同乔迪交换,到时候也能让他们骑一骑小红马。

他们走了,乔迪很高兴。他从墙上拿下刷子和梳子,取下栅栏的门闩,小心翼翼地走了进去。小马眼睛一睐,绕到栏边,摆出踢人的架势。可是乔迪摸摸他的肩,擦擦他拱起来的脖子,就像他经常见贝利·勃克做的那样,嘴里用低沉的嗓子哼道:"嗉——嗉,伙计。"小马渐渐放松下来。乔迪擦呀,梳呀,一直擦到栏里落了一地的毛,马身上泛出深红的光泽。每每擦、梳一次,他总觉得还可以擦得、梳得更好些。他把小马的鬃毛梳成十几条小辫子,再去结他前额上的毛,结了辫又解开,把毛弄直。

乔迪没有听见他母亲进牲口棚来。她来的时候心里憋着火,可是进来之后看到小马,看到乔迪在拾掇他,她的心里产生了一种奇怪的骄傲的感觉。"你忘了柴禾箱吧?"她和气地问道,"天一会儿就黑了,家里一根劈柴也没有,鸡还没有喂呢。"

乔迪急忙收起工具。"我忘了,妈妈。"

"嗯,以后你先做家务事。这样你就不会忘了。我看哪,我要不瞧着你一点儿,你现在好多事都想不起来。"

"妈妈,我可以到园子里挖点胡萝卜给他吃吗?"

她得想一想。"嗯——我看可以,不过你先挖大的、粗的。"

"马吃了胡萝卜皮毛长得好。"他说了这句话，他母亲心里又产生了一阵说不出来的自豪感。

自从有了小马之后，乔迪不等三角铁敲响就起床。这已经成了他的习惯：母亲还没有醒，他就从床上爬起来，套上衣服，悄悄地溜到牲口棚去看加毕仑。清早灰茫茫、静悄悄的，土地、矮树丛、房子和树木都是银灰色、黑黝黝的一片，像照相的底片，他走过沉睡中的石头、沉睡中的柏树，偷偷地向马厩走去。栖在树上的火鸡怕狼来咬，瞌睡之中发出咔嗒咔嗒的声音。田野闪现出灰色的霜一样的光泽，露水上看得出兔子和田鼠的足迹。两条守职的狗从小屋里走出来，四肢有点僵硬，他们不高兴地耸耸身上的毛，喉咙里嗥叫着。粗尾巴"杂种"和牧羊狗"摔跟头"嗅到了乔迪的气味，僵直的尾巴往上一翘，打了这个招呼之后，它们就懒洋洋地回到暖和的窝里去了。

对于乔迪来说，这是一段不寻常的时间，一段神秘的路程——梦境的继续。他刚有小马的头几天，总喜欢折磨自己，边走边想象加毕仑不在舍栏里了，或者更严重的是，根本没有在舍栏里待过。他还有其他甜滋滋的、自找的小小的痛苦。他想象老鼠怎么把红皮马鞍咬成参差不齐的破洞，怎么把加毕仑的尾巴啃成疏疏朗朗的几根细毛。去牲口棚的最后一点路，他总是跑着去的。他打开门上发锈的搭扣，走了进去。不管他开门的声音多么轻，加毕仑总是把头伸在舍栏上面看着他，发出低低的嘶声，跺跺前蹄，眼睛里发出一大团火红的闪光，像是栎木的余火。

有的时候，如果当天要用马干活，乔迪就会遇到贝利·勃克在棚里备马、梳马。贝利同乔迪站在一起，老注意加毕仑，告诉乔迪许多关于马的知识。他解释道，马特别担心他们的腿，所以，你一定得提提他们的腿，拍拍蹄子和踝节，叫他们不要害怕。他告诉乔迪，马喜欢听人同他说话。你一定得老跟小马说话，把每件事情的道理一个个告诉他。人说的每一句话，马是不是都听得懂，贝利说不上来，不过谁也说不清楚马能够听懂多少。只要他喜欢的人同他解说，马从来不会乱踢一气。贝利还可以举出例子来。他听说过，有一匹马都快累死了，可是骑马的同他说快到目的地了，这匹马就昂起头来。他还听说，有一匹马已经吓瘫了，可是骑的人一说穿他怕的是什么，马就不害怕了。早晨，贝利·勃克一边说着话，一边把二三十根麦秸切成整整齐齐的三英寸长短，然后把它们塞在帽檐里。这样，这一整天里，如果他想剔牙齿，或者只是嘴里想嚼点什么，他只消伸手抽一根就行了。

乔迪仔细地听着，因为他知道，这一带人人都知道，贝利·勃克是养马的好手。贝利自己骑的是一匹露筋的野马，脑袋像一只榔头，但是他在比赛的时候差不多总是得头奖。贝利可以套住一头小公牛，用长绳在牛角上打一个结，然后下马。这匹马就会摆布小牛，像钓鱼的人逗鱼似的，它把绳子拉紧，弄得小牛不是倒在地上，就是被拖得筋疲力尽。

每天早晨，乔迪给小马刷梳完毕之后，放下栅栏门，加毕仑就从他身边擦过，跑出马厩，跑进大栅栏里，一圈又一圈地跑，有时候还跳起来，用僵硬的腿站定。他站着哆嗦，僵直的耳朵向前竖着，眼睛转呀转的，转得露出了眼白，装出害怕的样子。临了，他哼着鼻子走到饮水槽，把鼻子浸到水里，水快碰到鼻孔了。这时候，乔迪心里得意，因为他知道这是判断马好坏的方法。次马只用嘴唇碰碰水，但是一匹生气勃勃的好马却会把整个鼻子和嘴都伸进水里，只留出呼吸的地方。

这时，乔迪站在一边看着小马，见到了他在别的马身上从来没有注意过的东西：两侧健壮、光滑的肌肉和臀部的线条，形状弯曲像一只正在紧握中的拳头，还有太阳照在红皮毛上的光泽。乔迪出生以来见过许多马，可从来没有细细观察过他们。但是现在，他注意到马耳朵的活动反映了他脸上的表情，甚至变化。小马用耳朵说话。你从他耳朵的动向可以确切地知道他对每件事是怎么一个态度。它们有时候僵硬挺直，有时候松弛下垂。他生气或者害怕的时候，耳朵往后翘；耳朵往前，那是他着急、好奇，或高兴。耳朵朝什么方向，说明他是什么情绪。

贝利·勃克说话算数。秋天一到，驯马就开始了。先是戴笼头，这最艰苦，因为这是驯马的头一件事。乔迪手拿胡萝卜，一面哄他，答应给他什么什么，一面拉着缰绳。小马感觉到绳子拉紧，像一头驴似的站着不动。但是，不久他就懂了。乔迪牵着他在农场到处溜。他一步一步放下缰绳，最后小马不用牵，乔迪走到哪儿他跟到哪儿。

接着用长绳训练。这活儿更慢。乔迪站在一个圆圈中央，拉着长绳。他用舌头发出咯咯的声音，小马由长绳拽着，开始绕大圈走。乔迪再"咯咯"一声，小马小步跑，又"咯咯"一声，大步跑。加毕仑跑了一圈又一圈，边跑边高声叫，高兴极了。然后，乔迪喊"停"，马就止步。没有过很长时间，加毕仑就熟练了。但他在许多方面是一匹调皮的小马。他咬乔迪的裤腿，用力踩乔迪的脚。他常常把耳朵往后一甩，看准了往那孩子身上踢一脚。加毕仑每干一次坏事，就安静下来，像在暗自好笑。

贝利·勃克到了晚上就坐在炉子跟前用马毛编绳子。乔迪把马尾巴上的毛收集在一个口袋里，他坐在一边，看贝利慢慢织绳，先把几根毛搓成线，又把两根线搓成粗线，再把几根粗线编成绳。贝利把编好了的绳放在地板上，用脚滚来滚去，滚得它又圆又结实。

长套很快接近完成。乔迪的父亲观看了小马停步、开步、小跑与快跑，心里有点不安。

"他将来可能成为一匹捉弄人的马，"他父亲不满地说，"我不喜欢捉弄人的马。一匹马要是耍花招，就失去了他所有的——高贵品格。你看，玩把戏的马有点像演员——没有自己的尊严，没有自己的个性。"他父亲又说，"我看你最好快给他装鞍子，叫他习惯习惯。"

乔迪跑到马具房。这段时间以来，他一直骑在锯木架的鞍子上。他反复更改镫板的长度，可总是调整不好。有的时候，他骑在马具房里的锯木架上，身旁挂满了马轭和拖犁之类的东西，他想象自己出了房子。他把枪横在马鞍的前鞒。他看见田野在他身边飞快地掠过，他听见马蹄奔驰的声音。

头一回给小马佩带鞍子是一件难对付的事情。加毕仑拱起背，往后退，还没有扎好肚带就把鞍子甩掉了。于是，乔迪得一次次重新安装，直到最后小马愿意驮在背上。系肚带也麻烦。乔迪一天天勒紧肚带，直到小马根本不在乎那只鞍子，才算完事。

下面是上辔头。贝利介绍如何用一根甘草当马嚼子，使加毕仑习惯于嘴里有东西。贝利解释说："我们当然可以事事强迫他。但是，这样做，他就成不了好马。他老会觉得有点害怕。如果心甘情愿，他就不会害怕了。"

小马头一次上辔头的时候，把自己的头挥动来挥动去，用舌头顶嚼子，顶得嘴角渗出血来。他在马槽上擦，想把辔头擦掉。他的耳朵转来转去，眼睛因为害怕、因为大发脾气而发红。乔迪心里却很高兴，因为他知道只有下贱的马才肯乖乖地接受训练。

乔迪一想起将来头一次坐上马鞍的时候心里就害怕。小马可能把他摔下来。这倒不是丢脸的事情。丢脸的是他不能马上爬起来，再骑上去。有时候，他梦见自己躺在泥地上直哭，就因为骑不上去。做了这场梦之后，他一直到中午还感到惭愧。

加毕仑成长得很快。他的腿已经不像驹子那么细细长长的了；鬃毛更长更黑了。因为常常梳刷，他的皮毛光滑闪亮，像橘红色的油漆。乔迪给马蹄敷油，仔细收拾干净，免得它们爆裂。

马毛绳快编成了。乔迪的父亲给了他一对旧的踢马刺，把边条弯短一点，皮带割断，拴上小链子，弄得合脚些。有一天，卡尔·蒂弗林说：

"没想到小马长得这么快。我估计到感恩节①你就可以骑了。你能骑上去不摔下来吗？"

"我不知道。"乔迪不好意思地说。离感恩节还有三个星期。他希望天不要下雨，因为下雨会把红鞍子弄脏。

现在加毕仑认识乔迪、喜欢乔迪了。他看见乔迪从苲地上走过来就嘶叫；在牧场上，主人一吹口哨，他就跑过来。每次总有一根胡萝卜给他吃。

贝利·勃克反复教给他骑马的要领。"你骑上之后，用腿夹紧就行，两只手别碰鞍子，如果摔下来，不能泄气。骑马的不管多棒，总有一匹马会把他摔下来。不等他自以为得计的时候就得再骑上去。过不多久，他就不会摔你了，再过一阵子，他就不可能摔你了。这就是骑马的方法。"

"我希望感恩节之前天不下雨。"乔迪说。

"为什么？怕摔在泥里？"

这是部分原因，他也害怕加毕仑突然尥蹶子之后自己滑倒，被加毕仑压在身下，压断他的腿或者压伤他的屁股。他从前看见人家出过那类事，见过他们在地上扭动，像被压扁了的臭虫似的，他心里害怕。

他在锯木架上练习，左手握缰绳，右手拿一顶帽子。只要手上有东西，万一摔下来他也不会去抓鞍头。如果他真的去抓鞍头

---

① 每年十一月的第四个星期四。

了，后果如何，他想都不愿意去想。他父亲和贝利·勃克会感到丢脸，也许永远不同他说话了。这事一传出去，他母亲也会觉得丢脸。传到校园里——乔迪不敢往下想。

加毕仑套上鞍子的时候，乔迪开始踩在一只马镫上，试试加重重量，但是他没有跨过马背去。那要到感恩节才可以呢。

每天下午，他都给小马备上鞍子，把它系紧。他系肚带的时候，加毕仑已经学会把肚子鼓得特别大，等收紧之后，再让肚子松下去。有时候，乔迪牵他到矮树丛去，让他在圆木桶里饮水，有时候他牵着小马穿过茬地到山顶去，站在山顶看得见萨利纳斯白色的市镇，谷地有一大片几何图形似的耕地和羊群啃过的橡树。他们常常穿过树丛，来到一处灌木围成的、清爽的小天地，那些地方远离尘世，旧日的生活只剩下天空和灌木围成的圈地。加毕仑喜欢去这些地方，他的头抬得很高，蛮有兴味地抖动着鼻孔，这表示他高兴。他们两个从那些地方回来之后，身上一股从鼠尾草丛中硬挤过来的香味。

日子一天天过去，感恩节快到了，但冬天来得很快。乌云从天上扫下来，挨在山顶，整天覆盖着大地，夜间风声尖叫。干燥的橡树叶成天从树上掉下来，铺了一地，但橡树没有变化。

乔迪盼望感恩节之前不要下雨，结果还是下了。棕黄的土地变黑了，树叶湿淋淋的。田地上的庄稼茬头霉得发黑；灰色的草垛经过风吹雨打，弄得湿漉漉的，屋顶上的苔藓一个夏天灰得像蜥蜴似的，现在成了鲜明的草绿色。在下雨的那个星期里，乔迪把小马关在舍栏里，免得他挨雨淋，只有放学以后才带他出去遛一小会儿，领他上大栏水槽里饮水。加毕仑没有淋过一次雨。

潮湿天气一直延续到新的小草长了出来。乔迪上学穿的是油布雨衣和短统胶鞋。有一天早上，明亮的太阳终于出来了。乔迪正在舍栏里干活，他对贝利说："我去上学的时候，想把加毕仑留在大栏里。"

"晒晒太阳对他有好处，"贝利肯定地说，"没有一头牲口喜欢被长期关着的。你爸爸要跟我去山上清一清泉水里的树叶。"贝利点点头，用一根小麦秸剔牙齿。

"万一下雨，虽然……"乔迪提出来。

"今天不大会下。已经下空了。"贝利卷起袖子，扣好手臂上的绑带，"万一下起雨来——马淋一点点雨不要紧。"

"好，如果下雨，你牵他进去，行吗，贝利？我怕他着凉，怕到时候不能骑。"

"当然啰！只要赶得回来，我会当心的。不过今天不会下雨。"

这样，乔迪上学的时候就让加毕仑在大栏里站着。

贝利·勃克对许多事情的估计是不会错的。他不可能错。可是，那天的天气，他却估计错了：中午过了不久，乌云就压过山来，下起大雨来了。乔迪听见雨点打在学校房子的屋顶上。他原想举起一根指头，请老师允许他上厕所，到了外面，就赶紧往家跑，把小马牵进去。那样的话，不论在学校，还是在家，两头都会立刻处罚他。他打消了这个念头，贝利有把握，说马淋一点雨不要紧，乔迪放心了。好容易放了学，他冒着黑沉沉的大雨赶回家。大路两旁的坡上喷溅出小股小股的泥浆水。一阵冷风刮来，雨水时而倾斜时而打旋。乔迪小步跑着往家走去，一路上哐哐地踩在夹杂着砾石的泥浆水里。

他从山脊顶上看见加毕仑可怜巴巴地站在大栏里，红皮毛快变成黑色的了，皮毛上一绺绺尽是雨水。他低头站着，屁股挨着风吹雨打。乔迪跑到畜栏，打开栏门，抓住额毛，把湿淋淋的小马牵了进去。随后他找到一只黄麻袋，用来擦马身上的毛，擦马的腿和膝盖。加毕仑耐心地站着，但是一阵一阵地哆嗦，像在刮风似的。

乔迪尽量把小马擦干，然后跑到房子里，拿点热水回到牲口棚，把粮草在里面浸一浸。加毕仑不是十分饿。他嚼了一点热的饲料，可是胃口不太好，还是不住地发抖，潮湿的背上冒出一点点水蒸气。

贝利·勃克和卡尔·蒂弗林到家的时候天快黑了。卡尔·蒂弗林解释道："天下雨的时候，我们正在班·海奇的地方歇着，这雨一下午没有停过。"乔迪用责备的目光看看贝利·勃克，贝利感到很内疚。

"你说不会下雨的。"乔迪责备他说。

贝利移开目光。"年年到了这个季节，就不好说啦。"他说道。但这个借口是站不住脚的。他不该出错，他心里明白。

"小马淋湿了，湿透了。"

"你给他擦干了吗？"

"我用一只麻袋擦了擦，给他吃了热饲料。"

贝利点点头，表示赞许。

"你看他会着凉吗，贝利？"

"一点点雨不要紧的。"贝利向他保证。

乔迪的父亲这时插话进来，教训孩子说："马不是什么叭儿狗。"卡尔·蒂弗林讨厌脆弱和病态，他最瞧不起束手无策的人。

乔迪的母亲端了一盘牛排进来，放在桌上，还有煮土豆、煮南瓜，弄得满屋子全是水蒸气。他们坐下来吃饭。卡尔·蒂弗林还嘟囔着什么对牲口对人太娇惯了，他们就脆弱起来。

贝利·勃克因为做错了事，心里很不好受。"你用毯子把他盖上了吗？"

"没有。我找不到毯子。我在他背上盖了几只麻袋。"

"那我们吃了饭去把他盖起来。"贝利这时感到好过一些。乔迪父亲进里屋去烤火，母亲洗碟子，贝利找到一盏提灯，把它点着了。他和乔迪踩着泥水到了牲口棚。棚里黑洞洞、暖融融的，还有香味儿。马儿们还在吃晚上一顿的饲料。贝利说："你提灯！"他摸摸小马的腿，测了测小马身上两边的热度。他把脸贴在小马灰色的口套上，翻起眼皮看看他的眼球，掀起嘴唇瞧瞧他的牙床，把手指伸进他的耳朵里摸摸。"他好像不大高兴，"贝利说，"我给他擦一擦。"

贝利找了一只麻袋，死命地擦小马的腿、胸部和肩胛。加毕仑无精打采得出奇。他耐心地任贝利去擦。最后贝利从马具房拿来一条旧棉被，往小马背上一披，用绳子系紧他的脖子和胸部。

"他明天早晨就会好了。"贝利说。

乔迪回到房子里，他母亲抬起头来看他。她说："你睡晚了。"她用粗糙的手抬着他的下巴，把乱糟糟的头发从他的眼睛上撩开。她说："别担心小马。他会好的。贝利跟乡里的马医一样棒。"

乔迪没想到她看得出他的心事。他轻轻地从她手上挣脱开去，跪在火炉旁边，一直烤到胃部感到发热。他烤干以后进去睡觉，但是很难睡着。他好像睡了很长时间之后醒了过来。房子里是黑的，但是窗上灰蒙蒙一层，像是破晓的光线。他爬起来，找到裤子往脚上套，这时隔壁房间的时钟敲了两下。他放下衣服，回到床上去。他第二次醒来的时候，天已经大亮了。这是他头一次睡过了头，没有听见三角铁响。他一骨碌爬起来，披上衣服，一边扣纽扣一边走出门外。他母亲朝他看了一会儿，然后悄悄地去干她的活儿。她的目光慈祥，像在思索。她有时候张嘴一笑，但是她的目光没有改变。

乔迪朝牲口棚的方向跑去。半路上，他听到了让他害怕的声音：马沉重粗声的咳嗽。他飞快地跑去。进了牲口棚，他发现贝利·勃克在照料小马。贝利正用他粗壮的手在擦马腿。他抬起头来，高兴地笑笑。"他就是有点感冒，"贝利说，"我们过两天就能叫他好起来。"

乔迪看看小马的脸。小马的眼睛半睁半开，眼皮又厚又干，眼角结了硬块的眼屎。加毕仑的耳朵朝两边耷拉着，头垂了下来。乔迪伸出手去，但是小马没有凑过来嗅手。他又咳嗽起来，咳得整个身子收缩起来，鼻孔里流下一串清水鼻涕。

乔迪回头看看贝利·勃克。"他病得很厉害，贝利。"

"我刚才说了，他就是有点感冒，"贝利坚持说，"你去吃早点，完了上学去。我来照顾他。"

"可是你也许有别的事。你也许会丢下他。"

"不，我不会离开他。我决不会离开他。明天是星期六，你可以同他待一天。"贝利又错了一次，他感到有些难受。他现在得治好小马。

乔迪走到房子里，无精打采地坐在桌子旁边。鸡蛋、火腿冷了，油腻腻的，可他没有注意。他吃了平时的量。他没有提出待在家里、不去上学的要求。他母亲拿起他的碟子的时候把他的头发往后撩了撩。她叫他放心："贝利会照应小马的。"

他在学校里闷闷不乐了一整天。他没法回答问题，读不进一个字。他甚至不能告诉任何人，说小马病了，因为这会使他更难受。终于放学了，他提心吊胆地往家走。他慢慢吞吞地走，让别的孩子走在前面。他希望就这么走下去，永远到不了牧场。

贝利没有食言，待在牲口棚里，可小马的病更重了。他的眼睛现在几乎闭上了，鼻子被堵住，出气时发出啸啸的尖声，眼睛微微睁着的那一部分蒙上了一层薄膜。小马是不是还看得见东西，就难说了。他时常喷鼻息，清清鼻子，可这么一来好像堵得更紧了。乔迪垂头丧气地看着小马的皮毛——毛发蓬乱，邋邋遢遢，好像失去了它旧日所有的光彩。贝利静静地站在舍栏旁边。

乔迪讨厌再问什么，可是又想弄明白。

"贝利，他——他会好吗？"

贝利把手指伸进栏杆档里，摸摸小马的下巴颚。"你摸这儿。"他说着，把乔迪的手引到下巴颚底下一大块肿块上，"等那个肿块大一点，我开掉它，他就好受了。"

乔迪马上把目光移开，因为他听说过马生肿块的事。"这是怎么回事呢？"

贝利不想回答，但又非回答不可。他不可能连错三次。"腺疫，"他简短地说，"可是你别担心。我会叫他复原的。我见过比加毕仑病得更厉害的，也都治好了。我现在给他上蒸气。你帮我忙。"

"是。"乔迪可怜巴巴地说。他跟着贝利走进饲料房，看他准备蒸气袋。这是一只长长的、挂在脖子上的帆布袋，有带子，可以套在耳朵上。贝利把口袋的三分之一装满糖，再加两把干的蛇床子。他在干饲料上面倒了一点石炭酸，又倒了点松子油。"我把它们掺和起来，你去屋里拿一壶开水来。"贝利说。

乔迪拿着一壶滚开水回来的时候，贝利已经扣紧套在加毕仑鼻子上的带子，把口袋紧紧地套在小马的鼻子上。接着他把开水灌进袋边的一个小洞里，浇在掺和好了的草料上。强烈的蒸气冒上来的时候，小马惊得跑开去，但这时候，起镇静作用的烟气慢慢地进入他的鼻子，进入他的肺里。强烈的蒸气清理了他的鼻道。他大声呼吸。一阵寒颤，他的腿打了个哆嗦，冲鼻子的烟气一上来，他就闭上了眼睛。贝利又倒了一点开水，蒸气保持了十五分钟。末了他放下水壶，取下套在鼻子上的布袋。小马看来好一些了。他的呼吸顺畅，眼睛睁得比以前大。

"你看把他弄得多舒服，"贝利说，"现在我们再用被子把他裹起来。说不定明天早晨他就好得差不离了。"

乔迪提出："今天晚上我同他在一起。"

"不，你不用在这儿。我把铺盖拿这儿来，睡在草上。你可以明天来，需要的话你也给他熏一熏。"

他们进屋吃饭的时候天色黑将下来。乔迪根本没有想到鸡已经有人喂过了，柴禾箱已经装满了。他经过房子，来到黑黝黝的树丛边上，从木桶里取一口水喝。泉水冷得刺痛了他的嘴，让他浑身透过一阵凉气。山上头的天空还是亮的。他看见一只老鹰飞得很高，胸脯与太阳一般齐，阳光照得它闪闪发光。两只乌鸦在天上追它，把它赶了下来，他们袭击老鹰的时候也是闪闪发亮的。向西望去，乌云又在化雨了。

一家人吃饭的时候，乔迪的父亲一句话也不说，但是贝利·勃克拿了铺盖卷到牲口棚去了之后，卡尔·蒂弗林就在炉子里升了火，讲起故事来。他讲那个野人光着身子在乡里满处跑，他有一条尾巴和像马一样的耳朵，讲摩洛·科乔的兔猫怎么跳到树上去逮鸟。他生动地描述了著名的麦克斯威尔兄弟怎么发现一脉金矿，把它遮掩得非常巧妙，弄得后来连他们自己都找不到了。

乔迪双手托着下巴；他的嘴一动一动的，他父亲渐渐发觉他不是十分专心地在听。"有趣吗？"他问道。

　　乔迪有礼貌地笑笑，说："有趣。"于是，他父亲生气了，感到自尊心受了伤害。他不讲了。过了一会儿，乔迪拿了一盏灯笼，走到牲口棚去。贝利·勃克睡在草堆里，小马除了肺里出气有点粗之外，好像好多了。乔迪待了一会儿，拿手指梳梳他粗糙的红皮毛，又拿起灯笼回到屋里。他上床以后，母亲走进他的房间。

　　"你盖的够吗？快到冬天了。"

　　"够的，妈妈。"

　　"好吧，今天晚上好好睡。"她出去的时候有点游移，犹豫不定地站着。"小马会好的。"她说。

　　乔迪累了。他马上就睡着了，天亮才醒。三角铁响了，乔迪还没有走出屋子，贝利·勃克已经从牲口棚回来了。

　　"他怎么样？"乔迪问。

　　贝利吃早饭时总是狼吞虎咽的。"挺好。我今天早晨就去把那个肿块开掉。开了之后他可能会好一些。"

　　吃完早饭之后，贝利拿出他最快的一把刀，刀头是尖的。他在一块砂石上把闪闪发亮的刀刃磨了好长时间。他用他硬结的大拇指一次又一次地试试刀尖与刀刃，临了又在他的上嘴唇上面试了试。

　　乔迪在去牲口棚的路上，注意到新草长起来了，茬地一天一天自生自长，成了一片新绿的庄稼。这是一个有太阳的、寒冷的早晨。

乔迪一见小马，就知道他的病更重了。他的眼睛闭着，让干眼屎给封住了，头垂得那么低，鼻子都快碰到铺在地上的草了。每呼吸一次他就呻吟一声，是那种沉重的、难熬的呻吟。

贝利抬起小马虚弱的脑袋，猛捅一刀。乔迪看见有黄脓流出来。他扶着马头，贝利用温和的石炭酸油膏敷着伤口。

"他会好的，"贝利肯定地说，"他生病就是因为这些有毒的黄脓。"

乔迪看着贝利·勃克，不大相信的样子。"他病得很厉害。"

贝利想了好长时间该说什么。他几乎脱口而出，打算随随便便来一句宽心话，但他及时克制住了自己。"是的，他的病不轻，"他终于说，"我见过比他病还重的也好了。只要他不得肺炎，我们就可以治好他。你同他待在这儿。要是病得厉害了，你就来叫我。"

贝利走了之后，乔迪长时间站在小马身旁，敲敲他耳朵后面。小马不像他好的时候那样，一敲就抬起头来。他出气时呻吟的声音越来越沉重了。

"双树杂种"朝牲口棚里看了看，大尾巴摇来摇去，像挑衅似的。乔迪见它这么健壮，心里冒火，从地上找了一块黑色硬土块，稳稳地朝它扔去。"杂种"边叫边跑开，去舔它那受伤了的脚爪。

早晨过了一半，贝利·勃克回到牲口棚，又给小马做了一次蒸气治疗。乔迪看着，注意小马这一回是不是像上一回那样有所见好。他出气通畅了一点，但没有抬起头来。

星期六慢慢地熬过去了。到了傍晚，乔迪到屋子里去，拿了铺盖卷，在草堆里安了一处睡觉的地方。他没有请求家里人的同意。他从他母亲打量他的眼神判断，他想干什么她都会同意的。那天晚上，他把灯点着，挂在舍栏上头的一根铁丝上。贝利同他说过，每隔一会儿就要擦一擦小马的腿。

九点钟，起风了，牲口棚四周风呼呼地叫。乔迪虽然着急，却感到困倦。他钻进被窝睡觉了，但他在梦里听得见小马出气的呻吟声。他睡着的时候听见碰撞的声音老在响，这声音终于把他吵醒了。风刮进了牲口棚。他跳起来，朝舍栏的过道望去。棚门刮开了，小马已不见踪影。

他抓起灯笼，迎着大风跑到外边，只见小马一拖一沓地向黑暗中走去，脚步缓慢而呆板。乔迪跑上前去，抓住了他的额毛。小马听任自己让乔迪牵回去，领进舍栏。他的呻吟声更大了，而且鼻子发出强烈的啸叫。这时乔迪不再睡了。小马出气时嘶嘶的声音越来越响，越来越尖。

天亮时贝利·勃克来了，乔迪很高兴。贝利端详了一阵，好像从来没见过这匹小马似的。他摸摸小马的耳朵和胁腹。"乔迪，"他说，"我得干一件你不愿意看的事情。你回屋里待一会儿去。"

乔迪狠命地抓住他的胳膊。"你不是要打死他吧？"

贝利拍拍他的手。"不是。我想在他的呼吸道上开一个孔，这样他就可以呼吸了。他的鼻子全堵住了。等他好了，我们就在洞里面放一颗小铜扣让他呼吸。"

乔迪想走也不能走。看到红皮被割开是可怕的，可是知道它要被割开而不去看，更加可怕。"我待在这儿，"他痛苦地说，"你肯定得割开吗？"

"对，我肯定得割。你要是在这儿，就扶住马头。你别恶心就行。"

那把快刀又被拔出来了，磨得很仔细，跟上回一样。乔迪抬起马头，拉紧马的脖子，贝利上下摸索着，找准部位。白刀子一捅进小马的脖子，乔迪就哭了起来，小马软弱无力地跳开，然后站定，哆嗦得厉害。浓浓的血流了出来，流在刀上、贝利的手上和他的衬衣袖子上。贝利用他强壮的手蛮有把握地在肉里切出了一个圆孔。憋着的气突然从小孔里吐出来，同时喷出好多血。氧气一进去，小马突然有了力气。他猛踢后蹄，还想往后退，但是乔迪按住他的头，贝利用石炭酸油膏抹新伤口。手术动得很干净。血止了，空气从小孔里一阵阵地出来，又带着冒泡的声音均匀地从小孔里进去。

夜风吹来的雨开始打在棚顶上。这时，三角铁响了。"你起来，去吃早点，我在这儿，"贝利说，"我们不能让这个孔堵住。"

乔迪慢慢走出牲口棚。他的情绪太坏了，没有告诉贝利棚门是怎么吹开，小马是怎么出去的。这是一个潮湿的、灰蒙蒙的早晨。乔迪走到外面，溅着泥水往房子走去，一路上特意踩踏所有的水坑。他母亲给他早点吃，又给他穿上干的衣服。她什么也没有问他。她仿佛知道他回答不出问题。可是他打算回牲口棚去的时候，她给了他一锅热气腾腾的早点。"这个给他。"她说。

但是乔迪没有接锅。他说"他不想吃东西",接着就跑出了屋子。在牲口棚里,贝利教他怎么把一个棉花球包在一根枝条头上,看到呼吸孔黏液凝结的时候就用棉花球去揩一下。

乔迪的父亲走进棚里,同他们一起站在舍栏前面。临了,他对乔迪说:"你跟我来不好吗?我要赶车过山去。"乔迪摇摇头。"你跟我来,别弄马了。"他父亲坚持要他走。

贝利生气地冲着他父亲喊:"你随他去。这是他的小马,不是吗?"

卡尔·蒂弗林二话不说就走开了。他的感情受到了很大的伤害。

整个早晨,乔迪一直保持小孔张开,让小马的呼吸道畅通。正午的时候,小马疲惫地侧身躺下,伸着鼻子。

贝利回来了。他说:"你要是打算今天晚上守着他,现在最好就去睡一会儿。"乔迪心不在焉地走出牲口棚。天色明朗了一些,呈现出阴沉的浅蓝色。小虫子爬在潮湿的地面上,鸟儿忙着到处吃虫子。

乔迪来到矮树丛,坐在长满苔的桶边上。他望着下面的房子、破旧的简易房和黑黝黝的柏树。这些地方是他熟悉的,但是奇怪,现在全变了样。它们不是原来的样子,而成了正在发生的事情的背景。现在从东方吹来一股寒风,说明雨一时不会再下了。乔迪看到,在他的脚下,地上的新草正张开它们细小的胳膊。泉水旁边的泥地上,有几千处鹌鹑的足迹。

"双树杂种"从旁路走来,穿过菜地,一副窘迫的模样,乔迪记得自己向它扔过土块，他伸出胳膊搂住狗的脖子，吻吻它的大黑鼻子。"双树杂种"安静地坐着，好像知道某桩严重的事情即将发生。它庄重地往地上甩它的大尾巴。乔迪从它的脖子里抓出一只吃得鼓鼓的虱子来，用指甲"哗"的一声把它捏死。这真叫人恶心。他在冷泉水里洗了洗手。

除了飕飕不停的风声外，牧场非常寂静。乔迪知道如果他不进去吃饭，母亲是不会怪他的。过了一小会儿，他慢慢地走回牲口棚。"双树杂种"爬进自己的小屋，呜呜地哀叫了好长时间。

贝利·勃克从舍栏里站起来，把敷伤口用的棉花球给乔迪。小马依旧躺着，喉咙上的刀口拉风箱似的一进一出抽动着。乔迪看到小马的皮毛干燥枯萎，他终于明白小马是没有希望了。他在狗身上、牛身上见过这种枯萎的毛，这是死亡的征兆。他忧心忡忡地坐在舍栏上，放下栅栏。他长时间地把眼睛盯在上下起伏着的刀口上，最后打起瞌睡来。下午一下子就过去了。天黑以前，他母亲端来一盆炖肉，留给他吃，随后走了。乔迪吃了一点。天黑之后，他把灯放在地上马头旁边，这样他就可以观察伤口，使它畅通了。他又打起瞌睡来，一直到晚上的凉气把他冻醒。风刮得厉害，带来了北方的寒气。乔迪从铺在草堆里的床上拿来一条毯子，把自己裹了起来。加毕仑的呼吸总算平静下来，喉咙上的小孔轻轻起伏。猫头鹰穿过顶棚，边尖叫边找耗子。乔迪放下手，扣着头睡着了。他在睡梦中感到风越刮越紧，听见风把牲口棚四周刮得砰砰响。

他醒来的时候天已经亮了。棚门大开着，小马不见了。他跳起来，跑到外面的晨光中。

小马的足迹很清晰，留在小草霜似的露水上。这是疲乏的足迹，中间还有拖沓过去的印痕。它们的方向是去山脊半道上的那一排矮树丛。乔迪跑了起来，沿着足迹追去。阳光照在戳出地面、又尖又白的石英石上面。他正沿着马的蹄迹跑去，只见前面掠过一团阴影。他抬头一看，看到高处飞着一圈黑色的秃鹫，它们慢慢地越飞越低。这些黯黑的鸟儿马上消失在山脊的那一边。这时乔迪加快步伐，心里又害怕又生气。足迹终于进入树丛，沿着高高的鼠尾草丛中的一条小路绕去。

在山脊梁顶上，乔迪停下来，大声喘气。耳朵的血液噗噗地撞击着。这时，他见到了他正在寻找的东西。小马躺在下面树丛间一小块空旷地上。远远望去，他看得见小马的腿缓慢地抽动着。秃鹫在他周围站成一圈，等他死去，什么时候死，它们是很清楚的。

乔迪向前一纵，奔下山去。地是湿的，走路没有声音，矮树丛又把他掩盖了起来。等他跑到那里，全完了。头一只秃鹫栖在马头上，它的嘴刚刚抬起来，正滴着马的黑眼珠子的水。乔迪像猫似的刷的一下窜进鸟圈子里。黑鸟一窝蜂似的飞走了，可是马头上那只大鸟动作太慢，正想展翅飞走，乔迪抓住翅膀尖，把它拉了下来。这只鸟的个头同乔迪差不多大。它用另一只翅膀扑打乔迪的脸，像棍子似的扑打，但乔迪抓住不放。鸟用爪子抓他的腿，翅膀从左右两边拍打他的头。乔迪闭上眼睛，用另一手去抓它。他的手指抓到了正在挣扎中的鸟的脖子。鸟红色的眼睛盯着乔迪的脸，眼神沉着而凶狠，毫无畏惧，光秃秃的脑袋左右摇晃。这时鸟嘴张开，吐出一口腐水。乔迪屈起一条腿，压在大鸟身上。他一只手把鸟脖子按在地上，另一只手拣起一块尖尖的石英石。第一下打下去，把鸟嘴打歪，黯色的血从扭曲、坚韧的嘴角里喷了出来。他又砸了一下，没有砸着。无所畏惧的红眼睛还是盯着乔迪，鸟一点都不怕，无动于衷，置生死于度外。他砸了又砸，一直到把它弄死，脑袋砸成一堆红色的肉浆。他还在砸着死鸟的时候，贝利·勃克把他拉开，紧紧地搂着他，让他平静下来。

卡尔·蒂弗林用一块红色印花手绢擦掉孩子脸上的血。乔迪这会儿没劲儿了，平静了下来。他父亲用脚尖踢开秃鹫。"乔迪，"他解释说，"小马不是秃鹫杀死的。这你不明白吗？"

"我明白。"乔迪疲倦地说。

倒是贝利·勃克生了气。他已经抱起乔迪，转身回家，但又转过身来冲着卡尔·蒂弗林喊。"他当然明白，"贝利怒冲冲地说道，"上帝！老兄，你不知道他心里有多难过？"

二　大　山

一个盛夏的下午，热得发昏，小男孩乔迪无精打采，在牧场周围东张张西望望，想找点东西玩玩。他到牲口棚去过，往棚檐底下的燕子窝扔石头，把一个个小泥窝砸开，窝里铺的草和脏羽毛掉了下来。在牧场房子里，他在老鼠夹子里放了变了味的干奶酪，又把夹子放在那只大"双树杂种"常去嗅鼻子的地方。乔迪不是有心恶作剧，实在是因为下午这段时间又长又热，心里闷得慌。"杂种"笨拙地把鼻子伸进夹子，给砸了一下，痛苦地吠叫，鼻子流血瘸着腿走开了。它不管哪里痛，痛了总是瘸腿。它就是这个样子。它小时候掉进过捕狼的陷阱里，打那时候起它就总是瘸着腿，挨了骂也瘸着走。

"杂种"叫的时候，乔迪的母亲在房子里面喊道："乔迪！别弄那条狗，找别的东西玩去。"

乔迪当时感到挺不好意思的，向"杂种"扔了一块石头，从廊子里拿了一只弹弓，想到树丛里去打鸟。这只弹弓很好，橡皮圈是店里买来的，可是乔迪虽说常常打鸟，却从来没有打中过一只。他从菜地穿过去，光着脚丫子踢土。路上他找到一颗理想的石子，圆圆的，有一点扁，还有一定分量，在空中飞得起来。他把子弹装进弹弓的皮带里，向矮树林走去。他眯起眼睛，嘴巴帮着使劲儿；那天下午他还是头一次这么聚精会神。小鸟儿在鼠尾草的阴地里啄食，在叶子里扒寻东西，不安地飞出几步，又扒了起来。乔迪把弹弓的橡皮往后一拉，轻手轻脚地向前走去。一只小鸫鸟停下来，看看他，往下一蹲，准备飞走。乔迪侧着身子走近去，一步一步慢慢跨着。他走到离小鸟二十英尺的地方，小心翼翼地举起弹弓瞄准。石子"嗖"的一声飞出去；小鸟飞起来，正好撞在石子上。鸟掉了下来，脑袋被打烂了。乔迪跑过去，把它捡了起来。

"好，我打中了。"他说。

那死鸟比它活着的时候小多了。乔迪觉得惭愧，胃里一阵难受，他拿出小刀，把鸟头割下来，又掏出它的内脏，扯掉了它的翅膀，末了，把它们一齐扔进了小树丛里。他不在乎这只鸟，管它死活，但是他知道，大人如果看见他弄死鸟会说些什么；他想到这一点，心里觉得惭愧。他决心把这件事忘掉，忘得越快越好，永远不提这件事。

这个季节，山上干燥，野草一片金黄色，可是泉水通过管子流进木桶又漫出桶外的那些地方，长着好大一片青草，绿油油、湿漉漉的，挺惹人喜爱。乔迪在长苔的桶里喝了口水，又在冷水里洗掉了他手上的鸟血。他仰面躺在草地上，望着夏日一团团的云彩。他闭起一只眼睛，改变了正常的视力，使云层下降到他身边，他伸手可以摸到它们，帮助微风把它们从空中拉下来；他好像觉得因为有他帮忙，云才走得快了。一朵胖乎乎的白云被他推到山脊那边去，被他坚定地推过山脊梁，不见了。这时候，乔迪想知道这朵云现在见到的是什么。他坐了起来，想好好看一看层层叠叠的大山，这山越往远处越昏暗、越荒凉，最后是一道锯齿形的山梁，高矗在西天。这大山真奇怪，真神秘；他在想对于山他知道点什么。

"山那边是什么？"他有一次问父亲。

"我看还是山。怎么啦？"

"再过去呢？"

"还是山。怎么？"

"一直过去都是山，山？"

"嗯，不。最后是海。"

"山里面有什么？"

"悬崖峭壁，灌木丛，大岩石，干旱地区。"

"你去过吗？"

"没有。"

"有人去过吗？"

"我看，少数人去过。那是很危险的，悬崖峭壁什么的。你看，我在书上看到，美国就数蒙特雷县的山区还有许多地方没有开发过。"他的父亲对于这一点好像很得意。

"最后是海？"

"最后是海。"

"可是"，孩子追着问，"可是这中间呢？没有一个人知道吗？"

"啊，我想只有少数人知道。但是，里面没有什么东西。没有多少水。就是岩石、悬崖和蒺藜。怎么啦？"

"去去才好呢。"

"去干什么？那里什么也没有。"

乔迪知道那里面是有东西的，非常非常奇妙的东西，只是大家不知道，一定有神秘莫测的东西。他打心眼儿里可以感觉得到情况准是如此。他对他母亲说："你知道大山里面有什么吗？"

她看看他，回头望望险恶的山峦，说道："我想只有那只熊。"

"什么熊?"

"就是那只跑过山去、想瞧瞧它能见到什么的那只熊。"

乔迪问牧场的雇工贝利·勃克,有没有可能在山里发现陷落的古城,但贝利的意见跟乔迪的父亲一样。

"不可能,"贝利说,"山上没有吃的东西,除非有一种靠吃石头过日子的人。"

乔迪所能得到的就是这些信息,他听了之后感到大山又可亲又可怕。他经常思念那连绵几英里、一重又一重的山峦,山峦的尽头就是海洋。早晨山峰披上霞光,好像在召唤乔迪过去;傍晚太阳落山,山岭泛起死气沉沉的紫色,让他感到害怕;那时的山峦如此漠然,如此孤傲,这种冷漠本身就是一种威胁。

这时,他转过头去,看东边的加毕仑山峦,这些山看了叫人愉快,山坡间一层层尽是牧场,山顶上长着松树。人们在那里居住,曾经在山坡上同墨西哥人打过仗。他回过头去看了一眼大山,对比之下不禁微觉寒颤。下面山麓小丘上正是他家的牧场,沐浴在阳光下叫人安心。牧场的房子闪发着耀眼的光芒,牲口棚是棕色的,给人暖洋洋的感觉。深红色的母牛在远处的山坡边走边吃草,缓缓朝北边走去。哪怕简易房子旁边那棵黑黝黝的柏树,也是依然故我,安然自在。小鸡用轻快的步子在院子的泥地里扒着觅食。

这时,乔迪看到一个人影在移动。有人从萨利纳斯那边路上走来,慢慢地翻过陡坡,朝牧场房子的方向走去。乔迪站起来,也朝房子走去，如果有人来了，他要去看一看是谁。乔迪到达牧场房子的时候，那个人才走到半路上，是一个瘦子，肩膀挺得笔直。乔迪看他脚跟着地的时候一颠一簸、很费劲的样子，就知道这个人上了年纪。他走近了，乔迪见他穿着蓝斜纹裤子，外套也是斜纹的。他脚上穿着一双笨重的鞋子，头戴一顶旧的宽平边帽，肩上扛着一个鼓鼓囊囊的麻袋。不一会儿，他就一步一拖走到近处，乔迪看清了他的脸。这张脸黑得像牛肉干，脸上的皮肤是黑色的，一蓬灰白色的胡子盖在嘴巴上，头发一直白到脖子。他脸上的皮肤已经瘪了，紧贴在脑壳上，皮包骨头不见肉，因此鼻子和下巴显得突出而又单薄。眼睛大大的，深邃、乌黑，眼皮紧紧地耷拉在上面，虹膜和瞳孔合二为一，乌黑乌黑的，可是眼球是棕色的。这张脸上一点儿皱纹都没有。老头儿的蓝斜纹外套用的是铜扣，一直扣到喉咙口。不穿衬衣的人都是这般装束。露在袖口外头的手腕子虽然瘦骨嶙峋，但却强壮有力，两手骨节突出，硬得像桃树的枝干。手指甲扁平厚钝，发出光泽。

老头儿走近大门，见了乔迪，把麻袋从背上卸下来。他的嘴唇微微颤动，用一种漠然的嗓音轻声开口说话。

"你在这里住？"

乔迪感到有些窘迫。他转身看看房舍，又回头望望他父亲和贝利·勃克正在那里干活的牲口棚。这两个方向都没有来人，他只好回答："是的。"

"我回来了，"老头儿说，"我叫吉达诺。我回来了。"

乔迪可担当不起这一切的责任。他腾地一下转身，跑进屋子里请救兵,纱门"砰"的一声在他身后关上了。他母亲在厨房里,正用一只发夹戳滤锅上堵塞了的小孔,聚精会神地咬着下嘴唇。

"有一个老头儿,"乔迪激动地喊道,"一个老派沙诺人,说他回来了。"

他母亲放下滤锅,把发夹往水槽板后面一插,镇静地问:"怎么回事?"

"外面来了一个老头儿。你出来。"

"怎么,他要干吗?"她解下围裙带,用手指把头发拢平。

"我不知道。他是走着来的。"

他母亲抻了抻衣服,走出门去,乔迪跟在她后面。吉达诺没挪动过地方。

"什么事?"蒂弗林太太问道。

吉达诺脱掉他黑色的旧帽,用两只手拿着放在胸前。他又说了一遍:"我叫吉达诺,我回来了。"

"回来了?回哪儿?"

吉达诺笔直的身子微微向前冲着,右手指着小山、坡田和大山,绕了一圈,再缩回来拿着帽子。"回到牧场。我是在这里出生的,我父亲也是在这里出生的。"

"这里?"她问道,"这里不是老牧场。"

"不是,是在那里,"他边说边指向西边的山脊,"在那一头,房子已经不见了。"

她终于明白过来。"你是指,差不多让水冲掉的那间老房子？"

"是的，太太。牧场垮台之后，他们没有往房子上加石灰，后来房子让雨水给冲垮了。"

乔迪的母亲沉默了一会儿，奇怪，她心里也起了思乡之情，但是这会儿她不去想它。"那么你现在想在这儿干什么呢，吉达诺？"

"我要在这儿住下来，"他镇静地说，"一直住到死。"

"可是我们这儿不想再添人啦。"

"我干不了重活儿了，太太。我可以挤牛奶，喂鸡，劈一点柴禾；别的干不了了。我要在这儿住下。"他指指地下他身边的麻袋包，"这是我的东西。"

她对乔迪说："到牲口棚叫你爸来。"

乔迪一下子窜了出去，回来的时候卡尔·蒂弗林和贝利·勃克跟在他后边。老头儿还是像原先那样站着，但现在他是在休息。他整个身子陷了下去，像是长眠的状态。

"什么事？"卡尔·蒂弗林问道，"乔迪这么激动干什么？"

蒂弗林太太指指老头儿。"他要在这儿待下来。他想干点活儿，待在这儿。"

"嗯，我们不能要他。我们不需要人啦。他太老了。我们的事，贝利都干了。"

他们这样谈论着他，好像他不在场似的，突然两夫妻迟疑起来，看看吉达诺，觉得不好意思。

老头儿清了清嗓子。"我老了，干不动了。我这是回到我出生的地方。"

"你不是生在这里的。"卡尔尖利地说。

"不是。在山那边的房子里。你们没有来的时候，这里就是一个大牧场。"

"就是已经塌光的那所土房子？"

"是的。我和我父亲都是在那里出生的。我现在要在这个牧场住下来。"

"我跟你说了，你不能待在这儿，"卡尔生气地说，"我不需要老头子。这不是一个大牧场。我负担不起一个老人的伙食和看医生的钱。你一定有亲戚朋友。找他们去。求不认识的人就跟要饭一样。"

"我出生在这个地方。"吉达诺不慌不忙，坚定不移。

卡尔·蒂弗林不想不讲情面，但他感到非如此不可。"今天晚上你可以在这里吃饭，"他说，"你可以睡在旧棚屋的小屋子里。早晨，我们请你吃一顿早点，然后就得请你走了。找你的朋友去。不要死在陌生人的家里。"

吉达诺戴上帽子，弯下身去拿麻包。"这是我的东西。"他说。

卡尔转过身去。"走，贝利，咱们去干完牲口棚里的活儿。乔迪，你领他到棚屋的小屋去。"

他和贝利转身回到牲口棚去。蒂弗林太太走进屋里，回头说了一句："毯子我会送去的。"

吉达诺疑惑地瞧瞧乔迪。乔迪说："我领你到那儿去。"

　　小屋里有一张床，床上铺的是玉米壳，有一只苹果箱，箱上放着一盏锡皮做的灯，还有一把没有靠背的摇椅。吉达诺小心翼翼地把麻包放在地板上，在床边坐下。乔迪腼腆地站在屋子里，想走又不想走。临了，他问道：

　　"你是从大山里来的吗？"

　　吉达诺慢慢地摇了摇头。"不是，我在萨利纳斯山谷干活来着。"

　　乔迪想的还是下午的事。"你去过大山里面吗？"

　　那双苍老、乌黑的眼睛凝住了，它们的光芒转向内心，转向吉达诺头脑里蕴藏着的过去的年代。"去过一次——我那时还小，跟我父亲一起去的。"

　　"就是那边的大山吗？"

　　"是的。"

　　"里面有什么？"乔迪大叫着问道，"你碰见过人、见过房子吗？"

　　"没有。"

　　"那么，有什么呢？"

　　从吉达诺的眼睛看得出，他仍在思索，眉额上蹙起一道皱纹。

　　"你见到了什么？"乔迪又问了一句。

　　"我不知道，"吉达诺说，"我想不起来了。"

　　"是不是很可怕，很干燥？"

　　"我想不起来了。"

乔迪一激动就不怕难为情。"你什么都不记得了吗?"

吉达诺张嘴想说一个字,他的嘴张着,脑子里在找字。"我想山里面很安静——我想很不错。"

吉达诺的眼睛好像发现了几十年前的东西,因为它们柔和起来,好像出现了一点微笑。

"你后来又去过吗?"乔迪追着问。

"没有。"

"你想过再去一次吗?"

但现在吉达诺脸上现出不耐烦的神情。"没有。"他的口气是在告诉乔迪:他不想再谈这个问题。孩子还是很好奇,不想离开吉达诺。他又感到有些不好意思。

"你想到牲口棚去看看马吗?"他问。

吉达诺站起身来,戴上帽子,准备跟乔迪去。

现在快到傍晚时分了。他们站在饮水槽附近,马儿从山坡上溜达过来饮水。吉达诺把他扭扭弯弯的大手放在围栏的栏杆顶上。五匹马跑过来喝水,接着四下散开站着,不是嗅嗅地上,就是挨在围栏光滑的木头边上擦着两边的身子。它们喝完水后过了好久,小山头上出现一匹老马,费力地往下走。它的牙齿又长又黄;蹄子磨得又平又尖,像一把铁锹;它的肋骨和臀部的骨头鼓突出来,外面只有一层皮。它一步一拐地走到水槽边上,喝水的时候发出很大的响声。

"这匹马叫老依斯特,"乔迪介绍说,"这是我父亲买的头一匹马。他三十岁了。"他抬头看看吉达诺苍老的眼睛,看他有什么反应。

"不中用了。"吉达诺说。

乔迪的父亲和贝利·勃克打牲口棚出来，往水槽这边走来。

"老了，干不动了，"吉达诺重复道，"只会吃，活不长了。"

卡尔·蒂弗林听到了最后这几个字。他讨厌残忍地对待老吉达诺，却又不得不残忍起来。

"不打死老依斯特，真对不起他，"他说，"死了他就不用受这么多苦，关节就不会这么痛了。"他偷偷地瞧瞧吉达诺，看他有没有领会这样比较着说的意思。但那只净是骨头的大手没有挪动，那双乌黑的眼睛也没有从马身上移开。"老家伙应当免除痛苦，"乔迪的父亲接着说，"一颗子弹，一声枪响，脑袋一下子也许很痛，可是一切都会结束。这比关节僵硬、牙齿疼痛强一些。"

贝利·勃克插嘴说："他们干了一辈子活，有权利休息休息。也许他们只喜欢四处走动走动。"

卡尔一直注视着那匹瘦得皮包骨头的老马。"你现在真想不到依斯特当年的样子，"他柔和地说，"脖子抬得高高的，胸腔宽，体格漂亮。他一步可以跨过五条杆的大门。我十五岁那年骑着他得过平地赛的名次。我什么时候都可以卖他两百元。你想不到他当年有多棒。"他说到这里就停住了，因为他讨厌软绵绵的情绪。"但是现在他该挨一枪了。"他说。

"他有休息的权利。"贝利坚持他的看法。

乔迪的父亲有了一个幽默的想法。他转身朝着吉达诺。"如果火腿和鸡蛋长在山坡上，我就愿意把你也放出去溜达；"他说，"可是厨房里，我可放不起。"

在他们回屋去的路上，他还跟贝利·勃克笑着说："山坡上要是能长出火腿和鸡蛋来，我们的日子就都好过了。"

乔迪知道他的父亲是在刺吉达诺的伤疤。他自己就常被父亲刺痛。他父亲知道，在孩子身上什么地方只要说一个字便能刺痛他。

"他光是这么说，"乔迪说，"他并不是真的要打死依斯特。他喜欢依斯特。依斯特是归他所有的头一匹马。"

他们站在那儿的时候，太阳落在大山后面，牧场一片寂静。到了傍晚，吉达诺好像较为自在一些。他的嘴唇一动，发出一种奇怪、尖锐的声音，把一只手伸进围栏里。老依斯特僵硬地向他走去，吉达诺擦擦他鬃毛下面消瘦的脖子。

"你喜欢他吗？"乔迪轻声问他。

"喜欢——可是他不中用了。"

牧场房舍响起了三角铁的敲声。"吃晚饭了。"乔迪喊道，"走，吃饭去。"

他们朝房子走去的时候，乔迪再一次注意到吉达诺的身子挺得笔直，跟年轻人一样。只是行步颠簸、拖着脚跟，才显出他上了年纪。

火鸡沉甸甸地飞进简易房旁边柏树的低树枝上。牧场里一只胖乎乎的漂亮的猫打路上穿过，嘴里叼着一只老鼠，这老鼠个头很大，尾巴耷拉在地上。山坡上的鹌鹑依旧发出清晰如滴水般的响亮声音。

乔迪和吉达诺走到后门的阶梯上，蒂弗林太太透过纱门瞧着他们。

"快来，乔迪。来吃晚饭，吉达诺。"

卡尔和贝利·勃克已经坐在铺着油布的长桌边上吃了起来。乔迪没有挪动椅子，溜进去一坐，但是吉达诺拿着帽子站在一旁，卡尔抬起头来说："坐下，坐下。吃饱肚子才能赶路。"卡尔生怕自己心软，允许老头儿待下来，所以他不断提醒自己，不能把他留下来。

吉达诺把帽子放在地板上，怯生生地坐了下来。他不伸手去拿吃的，卡尔只好把吃的东西递给他。"你拿着，要吃饱了。"吉达诺吃得很慢，把肉切成一小块一小块的，又放了几小块土豆泥在自己的盘子里。

卡尔·蒂弗林看到这种情景放心不下。他问道："你在这一带没有什么亲戚吗？"

吉达诺的回答带着点自尊心。"我妹夫在蒙特雷。那儿还有我的一些表亲。"

"好，那你可以去找他们，同他们一起住。"

"我出生在这儿。"吉达诺温和地反驳道。

乔迪的母亲从厨房里进来，端着一大碗淀粉做的布丁。

卡尔笑着对她说："我告诉过你没有，我是怎么跟他说的？我说要是火腿和鸡蛋长在山坡上，我就把他放出去，就像放老依斯特似的。"

吉达诺一动不动，瞧着他面前的盆子。

"可惜他不能待下来。"蒂弗林太太说。

"你别起这个头了。"卡尔生气地说。

他们吃完之后，卡尔、贝利·勃克和乔迪走进起居室去休息一会儿，但是吉达诺既不说再见，也不道谢，而是穿过厨房，从后门走了出去。乔迪坐在那里，偷偷地打量父亲。他知道他父亲心里感到了自己有多么小气。

"这一带有许多这么大年纪的派沙诺。"卡尔对贝利·勃克说。

"他们可真是好人，"贝利为他们说话，"他们干活的年头可以比白人长得多。我见过一个一百零五岁的老头儿，还能骑马呢。你见过哪个像吉达诺这么老的白人还能走二三十英里路的？"

"啊，他们身体壮，那是的。"卡尔同意，"我说，你也替他说话？你听着，贝利，"他解释道，"我能把这个牧场维持下来，不添别的吃饭的人手，不给意大利的银行吃掉，已经够我受的了。这一点你明白的，贝利。"

"当然，我明白，"贝利说，"你要是有钱，情况就不一样了。"

"对了，他又不是没有亲戚可找。妹夫、表亲就在蒙特雷。干吗该我替他操心呢？"

乔迪一声不响地听着，他好像听到吉达诺轻声的话语，听到他那句无法回答的"可是我出生在这里"。吉达诺像大山一样神秘。极目远望，尽是山岭，但是高入云霄的最后一道山岭后面是一个巨大的、无人知晓的世界。吉达诺是一个老人，可他有双迟钝、乌黑的眼睛，在那双眼睛背后藏有某种无人知晓的东西。他从不多说话，你猜不出他的眼睛里面藏的是什么东西。乔迪情不自禁地想到小屋去。在他父亲说话的当儿，他从椅子上溜下来，悄没声儿地走出门去。

天色很黑，远处的声音听得清清楚楚。山那边去县里的大路上传来伐木队马轭上的铃声。乔迪穿过漆黑的院子，看得见小屋窗子里透出来的光亮。黑夜是神秘的，所以他悄悄地走到窗子跟前，向里张望。吉达诺坐在摇椅上，背朝着窗户，他的右手在身前慢慢地来回移动。乔迪推开门，走了进去。吉达诺腾地一下坐直，抓起一块鹿皮，想把他手上的东西盖在大腿上，但鹿皮滑了下来。乔迪站在那里，看得目瞪口呆，吉达诺手上拿着的是一把漂亮、细长的剑，剑柄上还有金色的篮状护手。刀刃发出一道幽光，剑柄刺孔，雕琢精细。

"这是什么？"乔迪问道。

吉达诺只是用愤恨的眼神看着乔迪，他捡起掉在地上的鹿皮，把那把漂亮的剑紧紧地包了起来。

乔迪伸出手去。"我不能看看吗？"

吉达诺的眼睛放出怒火，他摇摇头。

"你在哪儿弄到的？从哪儿来的？"

这会儿吉达诺深沉地看着他，好像在思考。"我父亲给我的。"

"噢，他从哪儿弄来的？"

吉达诺低头看看他手上细长的鹿皮包裹。"我不知道。"

"他没有告诉过你?"

"没有。"

"你拿它干什么用?"

吉达诺微微一怔。"什么用也没有。就是留在身边。"

"我可以再看一看吗?"

老头儿慢吞吞地解开包裹,亮出那把顺着灯光闪闪发亮的剑,接着又把它包了起来。"现在你走吧。我要上床了。"乔迪还没有关上门,他就把灯吹灭了。

乔迪回房舍的路上,心里有一件特别要紧的事。那把剑的事,千万不能告诉别人。说出去可是糟糕透顶,因为真情的构造是虚弱的,一说出去就给毁了。让别人知道了,这个事情说不定会垮掉。

乔迪穿过黑暗的院子的时候,遇见了贝利·勃克。贝利说:"他们正说着呢,不知你到哪里去了?"

乔迪溜进起居室,他父亲问他:"你刚刚在哪儿?"

"我去看看我新做的夹子有没有逮到老鼠。"

"你该上床了。"他父亲说。

早晨吃早饭的时候,乔迪头一个来到餐桌。接着他父亲进来,最后是贝利·勃克。蒂弗林太太从厨房里伸进头来看了看。

"老头儿呢,贝利?"她问道。

"大概出去散步了吧,"贝利说,"我到他屋里看过,他不在。"

"也许他一早上蒙特雷去了，"卡尔说，"路远。"

"不会，"贝利解释道，"他的麻袋还在屋里。"

吃完早饭之后，乔迪向小屋走去。苍蝇在阳光下飞来飞去。今天早晨，牧场好像特别安静。乔迪见周围没有人看见他，就走进小屋，看看吉达诺麻包里装的是什么。里面有一件特大的棉毛衫，一条特长的裤子，三双旧袜子。没有别的东西。乔迪感到特别寂寞。他慢吞吞地走回去。他父亲站在门廊上在跟他母亲说话。

"我想老依斯特终于死了，"他说，"我没有看见他同别的马一起来喝水嘛。"

早晨过了一半的光景，杰斯·泰勒从山脊上的牧场骑着马下来。

"你没有卖掉你那匹快死了的老灰马吧？你卖了吗，卡尔？"

"没有，当然没有。怎么呢？"

"嗯，"杰斯说，"今天早晨我一早出来，见到一件有趣的事情。我看见一个老头儿骑着一匹老马，马身上没有鞍子，只拿一段绳子做缰绳。他没走大路，而是直接穿过林子上山去了。我看他有一支枪。反正我见他手上拿着一件亮晶晶的东西。"

"那是老吉达诺，"卡尔·蒂弗林说，"我去看看我枪丢了没有。"他走进房子里，过了一会儿出来。"没有丢，都在。杰斯，他朝什么方向去的？"

"啊，有意思。他往回走，直接奔大山去的。"

卡尔笑了。"他们再老还是要偷，"他说道，"我想他只偷了老依斯特。"

"要去追吗,卡尔?"

"去他的吧,省得我花工夫埋那匹马了。我不知道他哪里弄来的枪,不明白他去大山干什么。"

乔迪穿过菜地,朝丛林方向往上走去。他仔细观察着巍巍群山——山脊一道接着一道,尽头是海洋。有一会儿,他好像看见一个黑点爬上最远的一道山脊。他想到那把剑,想到吉达诺,想到大山。他心里起了一阵如此强烈的渴望,他真想大声喊叫,把它从心口里吐出来。他躺在丛林圆木桶旁边绿色的草地上。他交叉着手臂,遮住自己的眼睛,躺了很长时间,心里有一种说不出来的悲哀。

三 许 诺

一个春天的下午,小男孩乔迪用行军的步伐沿着树丛边的大路走回牧场的家里去。他用膝盖砰砰地踢着他在学校里当餐具用的金黄色的猪油桶,这是他发明的大鼓,他的舌头嗒嗒地咂着牙齿,发出小鼓的声响,偶尔还吹出喇叭的声音。刚才那一会儿,从学校里神气活现地走出来的这支小分队的其他人,一个个拐进不同的小山谷,踏上车道,回到自己的牧场去了。现在表面上看来,只乔迪一人在行军,腿抬得高高的,脚砰砰地蹬在地上;但是他身后却有一支影子队伍,举着大旗佩着剑,默不作声却是厉害得很。①

　　春天的下午，草木有绿色的，也有金黄色的。橡树的树荫下的草长得苍白、细长，山上的牧草却是光溜而又浓密。鼠尾草丛长出亮晶晶的新叶子，橡树披上金黄嫩绿的头巾。山上的绿草散发出香味，马儿在平处疯狂奔跑，然后停下来，感到有些惊讶；绵羊，甚至老绵羊，也会出其不意地跳起来，然后挺直腿站住，继续吃草，笨拙的小牛互相用头抵撞着，往后退一步，接着又抵撞起来。

　　当乔迪率领的这支灰暗、无声的部队经过的时候，牲口不吃草、不嬉戏了，都停下来看着它走过去。

　　突然之间，乔迪停了下来。灰暗的部队也紧张地停了下来，不知为了什么事。乔迪屈膝跪下。一长溜队伍不安地站着，一会儿轻轻地叹了一口气，表示难过，接着化作一团灰色的迷雾，消失了。乔迪见到了一片凹凸不平的背脊，原来是一只癞蛤蟆在大路的尘土里爬着。他伸出一只脏手，抓住这只带刺的家伙，紧紧捏住它，小动物拼命挣扎。乔迪把小动物翻过身来，叫它黄白色的肚皮朝天。他用一只食指按住它的喉咙和胸腔，癞蛤蟆就停止挣扎，闭上眼睛，软弱无力地睡过去了。

　　乔迪掀开饭桶，把他的头一个猎物扔了进去。他现在向前挪动，微曲着膝盖，肩膀弓得低低的；他赤着脚，悄没声儿地踩得准着呢。他右手拿着一支暗色的枪。路边的矮树丛发生骚动，那

---

① 他身后的队伍，还有下面提到的枪、老虎、大熊等，都是乔迪的幻想。

是因为里面有一伙意想不到的、新迁来的灰色的老虎和灰色的大熊。他这次的狩猎非常成功，乔迪走到路口柱子上的邮箱的时候，又抓到了两只癞蛤蟆、四只小草蜥子、一条蓝色的蛇、十六只黄翅膀的蚱蜢，还从一块石头底下抓出一只棕色的、潮湿的蝾螈。这些家伙住在一起很不舒服，一个个在铁皮饭盒里又抓又扒。

到了路口，乔迪的枪不见了，山坡上的老虎和大熊也都没影儿了，就是饭桶里那班潮湿、不舒服的家伙也不存在了，原来邮箱上面插着金属的小红旗，这说明里面有邮件。乔迪把桶往地上一放，打开信箱。里面有一份蒙哥马利·华德公司的邮寄目录和一份《萨利纳斯周报》。他关上邮箱，提起饭桶，跑过山冈，直奔牧场的空地。他经过牲口棚，经过草已经用完了的草堆，经过简易房和那棵柏树。他砰地一下推开牧场房子前面的纱门，嘴里喊道："妈妈，妈妈，有一份东西。"

蒂弗林太太正在厨房里，用汤匙把凝结的酸牛奶灌进一只布口袋里面。她放下手上的活儿，在水龙头上洗了洗手。"我在厨房，乔迪。在这儿哪。"

他跑了进去，"哐当"一声把饭桶往水槽里一扔。"你看，我可以打开这份东西看看吗，妈妈？"

蒂弗林太太又拿起汤匙，做她的干酪。"别丢了，乔迪。你爸爸要看的。"她把最后一点牛奶刮进口袋，"啊，乔迪，你爸爸叫你先找他一下再去干活。"她赶开一只正在干酪口袋上飞来飞去的苍蝇。

乔迪慌忙合上那份新来的目录。"什么?"

"为什么你老不听话?我说你爸爸找你说话。"

孩子把目录轻轻地放在水槽板上。"你说——是不是我干了什么事?"

蒂弗林太太笑了起来。"老是怕。你干什么来着?"

"没有呀,妈妈。"他不安地答道。但是他想不起什么来了,另外,也不知道什么事情后来可能会变成一种罪行。

他母亲把满满一袋奶酪挂在一枚钉子上,让袋子里的水滴在水槽里。"他就是叫你回了家去找他。他在牲口棚。"

乔迪转身从后门出去。他听见母亲打开饭桶,气得直喘。他想起他干的事,心里惊慌,就跑到牲口棚去,只当没听见他妈妈叫他回去的愤怒的声音。

卡尔·蒂弗林和雇工贝利·勃克靠在牧场的低围栏上。两个人都让一只脚踩着最低的一档杠,两只胳膊肘靠在最高的杠上面。他们东拉西扯,慢慢地说着话。牧场上,有五六匹马心满意足地嗅着可爱的青草。母马纳莉站着,背靠着门,在笨重的柱子上磨着她的屁股。

乔迪不安地侧近身去。他的一只脚拖呀拖的,给人一种天真无邪、若无其事的印象。他走到这两个人身边,让一只脚踩在最低的栏杆上,胳膊肘靠在第二档杠上面,也朝牧场里张望。这两个人侧眼瞧着他。

"我要找你说话。"卡尔这种严厉的口气专门用在孩子和牲口身上。

"好的，爸爸。"乔迪说，感到心里有愧。

"贝利刚才说了，小马死去之前，你照顾得很好。"

没有责备的意思。乔迪胆壮了。"是的，爸爸，我照顾了。"

"贝利说你侍候马很有耐心。"

乔迪突然对这个牧场工人感到一阵友好的温暖。

贝利插话说："我看他训练那匹小马的样子，不比别人差。"

这时，卡尔·蒂弗林渐渐说到要点了。"要是再有一匹马，你会好好干吗？"

乔迪一阵激动。"会的，爸爸。"

"好吧，你看。贝利说你要成为一个弄马的好手，最好的办法是从驹子养起。"

"只有这个办法。"贝利插话。

"现在，你看，乔迪，"卡尔接着说，"山上牧场里的杰斯·泰勒有一匹漂亮的种马，可是得花五元钱。钱我出，可是你得干一个夏天。你愿意吗？"

乔迪感到心里激动得哆嗦起来。"我愿意，爸爸。"他轻声回答。

"不叫苦？叫你干什么，你不会忘记？"

"不会，爸爸。"

"好吧，这样，明天早晨你把纳莉牵到山冈牧场去，让她配种。你就得照顾着她，一直到生下小驹子来。"

"是的，爸爸。"

"现在去喂鸡，拣柴禾。"

乔迪溜走了。他走过贝利·勃克的身后，真想伸出手去，摸摸那两条穿着蓝色工装裤的腿。他的肩膀微微摇摆，似乎长大成人，觉得了不起似的。

他干活从来没有那么认真过。那天晚上，他没有把谷罐子往鸡堆里一扔，随它们你踩我、我踩你争着去吃，而是小心地把麦子撒得远远的，有些麦粒鸡都找不到。回到家里，他听见母亲在骂孩子往饭桶里装进什么讨厌的爬虫。他保证他以后不干这种事了。乔迪真的感到这些蠢事都是过去的事了。他长大了，不会再往饭桶里装癞蛤蟆什么的了。他抱进这么多柴禾，堆得这么高，他母亲走起路来直害怕橡木柴禾堆会塌下来。干完这些事，拣完已经下了几个星期的鸡蛋，他又往下走去，路过柏树，路过简易房，向牧场走去。水槽底下有一只胖乎乎的癞蛤蟆朝他看看，他才没有心思去睬它呢。

他没有见到卡尔·蒂弗林和贝利·勃克，但是从牲口棚那头铁容器的声音判断，贝利·勃克正开始给母牛挤奶。

别的马正往牧场上坡那一头边走边吃草，只有纳莉还挨在柱子边上紧张地擦自己的身子。乔迪慢慢地走近去，嘴里说："好啊，姑娘，好啊，纳莉。"母马淘气似的把耳朵往后一竖，咧开嘴唇，露出黄色的牙齿。她转过头来，她的眼睛呆滞而后狂烈。乔迪爬到围栏顶上，吊着两只脚，充满爱意地瞧着母马。

他坐在那里，夜色渐渐合拢起来，蝙蝠和夜鹰扑动着翅膀飞来飞去。贝利·勃克朝房子的方向走去，手里提着满满一桶牛奶，他见到乔迪，停了下来。"要等好长时间，"他柔和地说道，

"你会等得心烦的。"

"不会，我不会，贝利。要等多长时间？"

"差不多一年。"

"好，我不会心烦的。"

房子那边响起了刺耳的三角铁的声音。乔迪从围栏顶上爬下来，同贝利·勃克一起去吃晚饭。他还伸出手去，抓住牛奶桶的柄，帮贝利提回去。

第二天早晨吃完早点后，卡尔·蒂弗林用一张报纸包了一张五元的钞票，把它别在乔迪工装裤胸口的兜里。贝利·勃克给母马纳莉套上笼头，把她牵出了牧场。

"小心，"他警告说，"拉这儿，别让她咬你。她会疯得跟什么似的。"

乔迪拉住皮套笼头，朝山冈上的牧场方向走去，纳莉跟在他后面，有时平稳，有时颠簸。沿途的牧草地上，野燕麦刚刚长出穗来。早晨的太阳照在乔迪的背上，暖融融的，真舒服。乔迪虽然觉得自己是大人了，却不时情不自禁地并起双脚跳起来。羽毛发光的乌鸦鸟栖在围栏上，它们的肩是红色的，嘴里咔嗒咔嗒干叫着。草原上的百灵鸟唱起歌来像是淙淙的流水。躲在燕麦叶子堆里的野鸽子发出短促的、悲伤的声音。兔子坐在田地里晒太阳，只有两只叉状的耳朵露出来。

乔迪不停地爬了一个小时的山路以后，拐进一条小路，这条路更陡，通向山冈上的牧场。他望得见高出橡树的牲口棚红色的棚顶，听得见房子附近有一条狗正无精打采地叫着。

突然之间纳莉往后一跳，差一点儿挣脱了绳子。乔迪听到从牲口棚那边传来尖利的嘶叫声、树枝折裂的声音，接着是一个男人叫喊的声音。纳莉边后退边嘶叫。乔迪拽住牵笼头的绳子，她露着牙齿向他冲来。他撂下绳子，急忙躲开，钻进树丛去了。橡树那边又传来尖叫声，纳莉回答了一声。地上响起啪哒啪哒一阵急促的马蹄声，种马出现了，拖着一条拽断了的缰绳冲下山来。他的眼睛发出狂热的光彩，僵硬、挺直的鼻孔红得跟火似的，光滑乌黑的皮毛闪闪发亮。种马跑得这么快，跑到纳莉跟前还止不了步。纳莉的耳朵往后一竖，身子一转，他走过时她用蹄子踢了他。种马转过身来，朝后一退。他用前蹄踢母马，她挨了这一下，正在摇晃不定的时候，他用牙齿咬她的脖子，把她咬出血来。

纳莉的情绪马上变了。她卖弄风情，娇柔起来。她用嘴唇去舔种马拱起来的背部。她从边上绕过去，用自己的肩膀去擦他的肩膀。乔迪半明半掩地躲在树丛里观望。他听到他身后有马蹄声，他还没有来得及转过身去，就有一只手抓起他的工装裤背带，把他提了起来。杰斯·泰勒把他提到马上，叫他坐在他背后。

"你会给踩死的，"他说，"森淘格有时候坏透了。他拽断了缰绳，冲出门来。"

乔迪安静地坐着，但不一会儿他叫道："他会伤害她的，会咬死她的。把他赶走！"

杰斯笑了起来。"她没事。你不如下马，进屋里去待一会儿。

去吃一块馅饼。"

但是乔迪摇摇头。"她是我的。驹子将来归我。我要把驹子养大。"

杰斯点点头。"好,这是一件好事。卡尔有时候想得不错。"

过了一会儿,危险过去了。杰斯把乔迪提下马,然后抓住种马那条断了的缰绳。他在前面牵着种马走,乔迪跟在后面,牵着纳莉。

乔迪解开别针,交了五元钱,又吃了两块馅饼,之后才走回家去。纳莉驯顺地跟着他。她这么听话,乔迪就踩在一根树桩上,骑了上去,回家的一大半路他是骑着马的。

他父亲出了五元钱,乔迪却是忙了整整一个春末和一个夏天。割草的时候他使耙。马拉杰克逊滑车,他使唤马;打包机来了,他赶着马转圈压包。另外,卡尔·蒂弗林教他挤牛奶,把一头母牛交给他照管,他早晚就又多了一件家务事。

栗色母马纳莉很快地扬扬得意起来。当她在泛黄的山坡上遛腿或者干轻活的时候,她卷着嘴唇,老在傻笑。她的动作慢慢悠悠,安稳庄重,活像个皇后。把她套上车,她拉得四平八稳,无动于衷。乔迪天天跑去看她。他擦亮了眼睛仔细观察,可是看不出她有什么变化。

一天下午,贝利·勃克把捣粪的多头叉靠在牲口棚的墙上。他松开皮带,把衬衣的下摆塞进裤子里去,再把皮带系紧。他从帽檐上拿下一根小草,放进嘴角。乔迪正帮那条尽忠的大狗"双树杂种"挖地鼠,见贝利从牲口棚里踱步出来就直起身子来。

贝利建议："我们上去看看纳莉。"

乔迪马上跟着走。"杂种"回过头来瞧瞧他们，接着拼命地挖着，咆哮着，发出短促的尖叫声，说明地鼠快抓到了。它再回过头来看看乔迪和贝利，见他们两个都不感兴趣，只好怏怏地从洞里爬出来，跟着他们上山了。

野生的燕麦开始熟了。每棵燕麦都脑袋朝下，挂着一串沉甸甸的麦粒。草很干，乔迪和贝利从草里穿过去的时候，发出窸窸窣窣的声响，他们走到半山上，只见纳莉和那只阉割过的铁灰马彼得正在咬燕麦头上的麦粒。他们走近的时候，纳莉看了看他们，耳朵往后一竖，倔强地上下晃动着脑袋。贝利走到她身前，把手放在她的鬃毛下面，拍拍她的脖子，一直到她的耳朵耷回前面来，轻轻地啃着他的衬衣。

乔迪问道："你说她真的要生小驹子吗？"

贝利用大拇指和食指翻开母马的眼睛。他摸摸她的下嘴唇，拨弄拨弄她坚韧的、黑色的奶头。"我看是要生的。"他说道。

"嗯，她一点变化都没有。已经三个月了。"

贝利用指节擦擦母马平直的前额，她高兴得发出呼噜呼噜的声音。"我说你会等得不耐烦的。再等五个月你才能看到一点眉目，至少要等八个月她才会生驹子，那大约要到明年一月份了。"

乔迪长叹了一口气。"要等好长时间呵，是不是？"

"还要等两年的样子，你才骑得上马。"

乔迪失望地喊道："那时候我是大人了。"

"对，你是老头儿了。"贝利说。

"你说生下来的驹子是什么颜色?"

"这个,说不准。种马黑色,母马栗色。驹子可能是黑色或者栗色,也可能是灰的、花的,说不准。有时候黑颜色的母马会生下一匹白驹子来。"

"那我希望是黑的,而且是雄的。"

"如果生下雄马,我们得阉割。你父亲不会叫你去养一匹种马。"

"说不定他会同意我的,"乔迪说,"我可以训练他,叫他别使坏。"

贝利噘起嘴唇,本来在嘴角里的那根小草噘到中央来了。"种马你是信不得的,"他指责说,"他们老喜欢干架,惹麻烦。有时候他们不乐意了,就不干活。他们弄得母马心神不定,还欺侮阉割过的马。你父亲不会让你养种马的。"

纳莉走开了,一边啃着快晒干了的青草。乔迪从一支麦梗里取出麦粒来,抛到空中,于是一粒粒轻软、尖头的种子像飞镖似的飞了出去。"贝利,你说马是怎么生的,是不是跟母牛生小牛似的?"

"差不离。马比牛娇一点。有时候你得过去帮忙。还有的时候,要是出了问题,你得……"他不往下说了。

"得怎么,贝利?"

"得把驹子切碎了拿出来,否则母马就死了。"

"这回不会那样吧,会不会,贝利?"

"这回,不会。纳莉生过,生得不错。"

"我能在场吗，贝利？你准会叫我的吗？这是我的马驹。"

"我保证叫你。当然会叫你。"

"你告诉我马怎么生的。"

"好吧，你见过生小牛。生小马也差不离。母马哼哼叫，伸着身子。如果生得顺利，那么头和前腿先出来，前腿出来的时候踢一个洞，像小牛生出来的时候一样。这时马驹就开始呼吸了。有人在场好些，因为，万一脚的位置不正，驹子从胎胞里出不来，它就会憋死。"

乔迪拿一捆青草抽自己的腿。"那么，我们要在场的了，对不对？"

"啊，我们会去的，没问题。"

他们转身，慢慢走下山来，到牲口棚去。有一件事在乔迪心里憋得难受，非说不可，虽然他并不愿意说。"贝利，"他可怜巴巴地开了个头，"贝利，你不会叫马驹出问题吧，对吗？"

贝利知道他在想小红马加毕仑，想它是怎么长腺疫死的。贝利知道自己过去没有犯过差错，现在却有失误的时候。他想起这一点，对自己的把握就不像从前那么大了。"我不知道，"贝利粗暴地说，"什么事情都会发生，但不是我的错。我不是万事通。"他失去了威望，心里难受。他自卑地说道："我知道的事情，会尽力而为，但是我不能打包票。纳莉是一匹好马，从前生过很好的马驹。这次也应该如此。"他离开乔迪，走进牲口棚旁边的马具房，他的感情受到了伤害。

乔迪经常散步到房后的一排树丛那边去。一条生锈的铁管子里流出涓细的泉水，流进一只绿色的旧木桶里。水溢出来，渗进地面，那些地方总是长出一片青草。哪怕在夏天，山上晒得干黄干黄的，那一小片地方还是绿色的。水一年到头轻轻地流进桶里。这个去处已经成了乔迪的中心点。当他受到惩罚的时候，清凉的绿草和唱歌似的水声能给他慰藉。他不痛快的时候，一走到这一溜树丛的地方，那股难受劲儿就会消失。他往草地上一坐，听那潺潺的泉水声，那不愉快的一天在他心里留下的障碍就全都消除了。

另一方面，简易房边上那棵黑黝黝的柏树引起他的反感，这与水桶使他愉快恰好相反；因为，所有的猪或迟或早都得被拉到这棵树上宰杀。杀猪的时候，猪又叫又流血，虽然好玩，但是乔迪的心跳得厉害，非常难受。猪杀好之后，放到三脚架的大铁锅里烫洗，皮刮得白白净净的。这时，乔迪非得上水桶那边去，坐在草地上，叫心里平静下来。水桶和黑柏树是水火不容的仇敌。

贝利生气走掉之后，乔迪朝家里走去。他边走边想纳莉，想小驹子。突然他发现自己来到了柏树底下，正好是那根吊猪的横木下面。他把自己干草似的头发从前额掠开，快快往前走。他好像感到在杀猪的地方想驹子是一件倒霉的事情，尤其是听了贝利那番话之后。为了抵消这件坏事的后果，他匆匆走过牧场的房子，穿过养鸡的院子、菜地，终于来到树丛跟前。

他坐在绿草地上，淙淙的流水在他的耳边颤动。下面是牧场的房子，他望着对面圆圆的山丘，山上长着谷子，一片黄色，很是富饶。他看得见纳莉在山坡上吃草。水桶这个地方像平常一样，消除了时间和空间的距离。乔迪看到一匹长腿的黑马驹挨在纳莉的两侧要奶吃。接着，他看见自己在训练一匹大马驹套笼头。才过了一会儿，驹子长成一匹骏马，宽阔的胸腔，拱着高高的颈子，像海马的头颈似的，尾巴跟黑色火焰一样，卷卷的，发出嗖嗖的声音。人人都怕这匹马，唯独乔迪不怕。校园里，男孩们要求骑一骑，乔迪笑笑表示同意。但是他们刚上去，这个黑色的恶魔就一拱背，把他们摔了下来。好，就给它取这个名字："黑魔鬼"！有一阵子，叮叮咚咚的流水、草地和阳光回来了，接着……

有天晚上，牧场里的人们安安稳稳地躺在床上，只听得一阵马蹄声。他们说："这是乔迪，骑着'黑魔鬼'呢。他又在帮警长干事了。"接着……

萨利纳斯牧人的比赛场上，金黄的尘土飞扬着。播音员宣布套索比赛开始。乔迪骑着黑马一来到起跑点，其他运动员都缩了回去，打一开头就放弃比赛，因为谁都明白乔迪和"黑魔鬼"套、摔、勒紧一头小牛，比两个人两匹马合着干还要快得多。乔迪不再是一个男孩子，"黑魔鬼"不再是一匹马了，他们两个合起来是一个威风凛凛的英雄。接着……

总统写信来，请他们帮忙去抓华盛顿的一名强盗。乔迪调整姿势，舒舒服服地坐在草地上。涓细的泉水轻轻地流进长苔的桶里。

这一年过得很慢。乔迪一次又一次感到灰心，以为马驹是不会生的了。纳莉毫无变化，卡尔·蒂弗林还是叫她去拉小车；草进仓的时候，她套上草耙子，拉杰克逊滑车。

夏天过去了，接着是晴朗、温暖的秋天。于是，早晨狂风席卷路面，寒气袭人，毒橡树泛红。九月的一个早晨，乔迪吃完早饭，母亲叫他到厨房去。她正往一只桶里倒开水，桶里放的是干的麦麸，她把它们搅成热气腾腾的麦麸糊。

"有事吗，妈妈？"乔迪问道。

"你看我怎么和的。从今天起，每隔一个早晨得由你来和了。"

"好，这是什么？"

"你看，这是给纳莉吃的热饲料。她吃了会身体好。"

乔迪用一个骨节擦擦前额，小心地问道："她没事吧？"

蒂弗林太太放下水壶，用一把木桨搅和饲料。"当然没事，不过从现在起你更得照顾她了。你把早点拿去给她吃。"

乔迪一把拎起木桶，跑了出去。他跑过简易房，跑过牲口棚，沉重的木桶砰砰地撞在他的膝盖上。他发现纳莉正在玩水，搅起水里的波纹，又把头伸到水里去，使水溢在地上。

乔迪爬过栅栏，把那桶热气腾腾的饲料放在她身边，然后靠后一点观察她。她变了：肚子隆起，走动的时候脚步放得轻轻的。她把鼻子伸进桶里去，狼吞虎咽地吃热饲料。吃完之后，她用鼻子将桶在地上挪动一下，轻轻地走到乔迪身边，将面颊往他身上蹭。

贝利·勃克从马具房走到他们这边来。"说快真快，是不是？"

"肚子突然一下子大的吗？"

"啊，不，这是因为你有一阵子没去注意她。"他把她的头转过来，叫她朝着乔迪。"她也会好好生的。你瞧她的眼睛多好！有些母马脾气会变坏，可是好的时候，她们对什么都亲。"纳莉把头伸在贝利胳膊下面，在他的胳膊和腰部中间上下蹭她的脖子。"你现在得好好侍候了。"贝利说。

"还要等多久？"乔迪气急地问道。

贝利用手指低声计算着。"大约三个月，"他大声说，"没法说得准确。有时候整整十一个月，但可能提前两个礼拜，或者推迟一个月，都没什么要紧。"

乔迪两眼紧紧地瞅着地上。"贝利，"他紧张地开口道，"贝利，快生的时候你叫我，行不行？你让我在旁边看着，好不好？"

贝利用门牙咬咬纳莉的耳朵尖。"卡尔说让你从头开始。这是唯一的学习方法。谁都没法教你。就像我家老头子叫我放鞍毯一样。他是政府雇用的装运行李的工人，当时我跟你一般大小，帮他干点活。有一天我在鞍毯上留下了一道皱褶，害得马长了鞍疮。老头当时一句也没说我，但是，第二天早晨，他让我驮了四十磅的东西。我只好牵着马，驮着那袋东西，在太阳底下翻越了整整一座山。真快把我累死了。不过从此以后我没有在毯子上再留过皱褶，也不可能再留。打那以后，我从来没有在马背上铺毯子而在自己背上驮过行李。"

乔迪伸出手去，抓住纳莉的鬃毛。"你会教我什么事该怎么办，是不是？我看关于马的事，你什么都知道，对吗？"

贝利笑了起来。"你看，我自己一半是马，"他说，"我妈生了我就死了，我爸是政府派在山里运装行李的，大多数时候没有奶牛，他多半只给我吃马奶。"他认真地往下说，"这个，马知道。你知道吗，纳莉？"

母马转过头来，正眼看了他一会儿。实际上从来没有一匹马这样看过人。贝利现在扬扬得意，信心十足。他吹嘘起来："我包你得一匹好驹子。打一开头我就把你教对。只要你听我的话，我包你这匹马将来是全县最棒的马。"

乔迪听了这番话也觉得暖洋洋的，得意起来。他得意极了，回到屋子又弯腿又摇晃着肩膀，像骑马的样子。他低声说道："停，你'黑魔鬼'，你停！站稳了，脚着地。"

冬天来得特别快，先是小风小雨，接着大雨不止。山丘改变了浅黄的颜色，让雨水淋成黑色的了。冬天的泉水乱糟糟、闹哄哄地流下山谷。蘑菇和香蕈一下子长了起来。圣诞节还没有到，青草就开始长出来了。

但是，今年的圣诞节对于乔迪来说不是最要紧的日子。一月份中某个无法断定的日子，才是好几个月得围着它转的轴心。下雨以后，他把纳莉牵到舍栏里面，每天早上喂她热饲料，梳刷她的毛皮。

母马的肚子大得叫乔迪害怕。"她会爆破肚子的。"他对贝利说。

贝利用他那只健壮厚实的手抚摸纳莉腹部。"你摸这儿，"他轻轻地说，"你摸得出它在动。我看要是生下两匹驹子，你才稀奇呢。"

"你看不会吧?"乔迪叫道，"不会是双胞胎吧，你说呢，贝利?"

"不，我看不会，不过有时候会生下两匹来。"

一月份头两个星期，雨下个不停。乔迪不上学的时候，大都在舍栏里伺候纳莉。他一天总有二十次把手放在她的肚子上，摸摸驹子在不在动。纳莉对他越来越亲切，越来越友好。她往他身上擦鼻子。他走进牲口棚，她就发出低微和缓的嘶声。

有一天，卡尔·蒂弗林同乔迪一起到牲口棚。他赞赏地看着母马整洁、栗色的皮毛，摸摸她肋骨和肩上坚实的肌肉。"你干得不错。"他对乔迪说。这是他能给人的最高的赞扬。乔迪后来一连几个小时都高兴得不得了。

一月十五日到了，马驹还没有生下来。到了二十日，乔迪心里觉得很害怕。"不要紧吧?"他问贝利。

"啊，当然不要紧。"

他又问:"你肯定不要紧?"

贝利拍拍母马的脖子。她不安地晃着脑袋。"乔迪，我跟你说过，生的时间说不准。你就得等着。"

月底到了，还没有生，乔迪急死了。纳莉的肚子这么大，出气很重，两只耳朵往上竖，挤在一起，像是头疼似的。乔迪睡不好觉，梦境混乱。

二月二日晚上，他哭醒了。他母亲唤他："乔迪，你做梦啦。醒一醒再睡。"

可是乔迪心里恐惧而又失望。他静静地躺了一会儿，等他母亲回去睡觉，然后他披上衣服，赤着脚溜了出来。

外头一片漆黑，下着雾似的小雨。柏树和简易房依稀可辨，接着又堕回雾里去。他打开牲口棚的门，门"吱"的一声，白天是从来没有这种声音的。乔迪走到架子边上，找了一盏灯和一锡盒火柴，点亮灯芯。他走过稻草铺地的长长的通道，来到纳莉的舍栏。她正站在那里，整个身子两边晃动。乔迪叫她："好啊，纳莉，好——啊，纳莉。"但是她依旧晃动，也不朝周围看。他走进栏里，摸摸她的肩膀。他的手一碰，她就哆嗦起来。舍栏顶棚上传来贝利·勃克的声音。

"乔迪，你在干吗？"

乔迪吓得往后退，可怜巴巴地望着贝利躺着的那个草窝。"她没事吧，你说呢？"

"当然啰，我说没事。"

"你不会让她出什么事的，贝利，你担保不出事？"

贝利朝下吼道："我跟你说过，我会叫你，就一定会叫你。你现在回去睡觉，不用操心那匹马。你不操心，她就已经够呛的了。"

乔迪吓得往后缩，他从来没有听过贝利用这种声调说话。"我只是想来看看，"他说，"我醒了。"

这回，贝利的声音柔和了一点："好，你睡觉去吧。你不要来打搅她。我答应给你弄一匹好马驹。你回去吧。"

乔迪慢慢走出牲口棚。他吹灭灯，把它放回到架子上。到了外头，漆黑的夜，寒冷的迷雾逼过来，把他罩在里面。他但愿自己能像小红马死以前一样，贝利说什么，他信什么。微弱的灯光照得他眼前一团漆黑，过了一会儿，他才分辨得出黑暗中的形体。他光脚丫子踩在潮湿的泥地上感到冰凉。栖在柏树上的火鸡发出惊慌的叫声；两条好狗在尽它们的责任，它们以为树下有狼在徘徊，冲出来吠叫，想把狼吓跑。

他悄没声儿地穿过厨房，不料绊倒了一把椅子。卡尔在卧室里叫道："谁啊？怎么啦？"

蒂弗林太太睡眼惺忪地说："卡尔，怎么啦？"

一会儿，卡尔拿着一支蜡烛从卧室里出来，乔迪还来不及爬回床上就被他父亲看见了。"你到外面去干什么？"

乔迪不好意思地转过身去。"我去看看那匹母马。"

乔迪的父亲因为被吵醒而恼火，同时又赞许乔迪的态度。末了，他说："你听着，这一带，没有人比贝利更懂得驹子。你由着他去好了。"

乔迪冲口而出："可是那匹小红马死了……"

"这你不能怪他，"卡尔严厉地说，"如果贝利救不了一匹马，那这匹马谁也救不了。"

蒂弗林太太喊道："卡尔，给他洗洗脚，叫他上床。不然，他明天得困一整天。"

乔迪感觉自己才闭上眼想睡,就有人拼命摇他的肩膀想把他弄醒。贝利·勃克站在他旁边,手里拿了一盏灯。"起来,"他说,"快。"说完,他急忙转身走出屋去。

蒂弗林太太问:"什么事?贝利,是你吗?"

"是的,太太。"

"纳莉快生了吗?"

"是的,太太。"

"好,我起来烧一点水,准备给你用。"

乔迪跳起来,衣服穿得飞快,他出后门的时候,贝利提着灯摇摇晃晃才走到半路上。山顶上已经出现黎明的光弧,但是牧场的高地上还没有光亮。乔迪拼命地跟着灯跑去,进牲口棚的时候追上了贝利。贝利把灯挂在栏边的钉子上,脱掉他的蓝斜纹布外套。乔迪看见他里面只穿了一件没有袖子的衬衣。

纳莉僵直地站在那里。他们看她的时候,她低下头弯下腰,一阵痉挛,浑身扭动。痉挛过去了。但过了一会儿又是一阵,接着又过去了。

贝利紧张地嘟囔道:"出问题了。"他那只没戴手套的手伸到马腹下面。"啊呀,上帝,"他说,"出问题了。"

马又痉挛了,这回贝利紧张起来,手臂和肩膀上的肌肉绽起。他大声出气,额上冒汗。纳莉痛得直叫。贝利低声说:"不对了。我没法弄正它。胎位颠倒了。全颠倒了。"

他两眼疯狂地朝乔迪望着。接着他用手指作了仔细又仔细的诊断。他的两颊绷得紧紧的，脸色发灰。他足足用了一分钟时间疑惑地看着站在舍栏墙边的乔迪，然后走到沾满肥料的窗子边，用汗淋淋的右手从窗下架子上拣起一只钉马掌的锤子。

"你出去，乔迪。"他说。

那孩子静静地站着，望着他发愣。

"跟你说，出去。不然来不及了。"

乔迪不动。

接着贝利迅速走到纳莉头边。他叫道："转过脸去，该死的，转过脸去。"

这回乔迪听从了，把头转到旁边。他听见贝利在舍栏里用嘶哑的声音轻轻说话。接着他听到骨头很重的"咔嚓"一响，纳莉发出一声尖叫。乔迪回过头去，恰好又见锤子举起，打在她平直的前额上。然后纳莉沉重地侧身倒下，哆嗦了一阵子。

贝利手上拿着折刀，跳到隆起的肚子那儿，拎起一道皮肤，插进刀去。他边锯边扯粗糙的肚皮。内脏是热的，还在蠕动，空气里净是叫人恶心的腥味儿。别的马往后退去，退到拴笼头的链条边上，又尖叫又踢腿。

贝利放下刀，两只手伸进可怕的、乱糟糟的洞里面，挖出一个正在滴血的白色的大包。他用牙齿在胎胞上咬了一个孔。一个小小的黑脑袋瓜从孔里钻出来，长着一对光溜溜、湿漉漉的小耳朵。它"咯"的一声喘了一大口气，又喘了一大口。贝利剥掉胎囊，找到刀子，割断了脐带。他把小黑驹子抱在怀里，抱了一会儿，看着它。接着他慢慢地走过来，把它放在乔迪脚边的草上。

贝利的脸上、胳膊上和胸前滴着猩红的血。他浑身哆嗦，牙齿打颤，说话都没声儿了。他哑着嗓子低低地说："这是你的驹子，我答应过你的，你拿去吧。我只好这么办——只好这么办。"他停了一会儿，回头望望舍栏里面。"去拿点热水，一块海绵，"他轻声说道，"洗洗它，把它弄干，就像它母亲伺候它那样。你得用手喂养它了。不过这是你的驹子，我答应过你。"

乔迪呆呆地望着这只潮湿的、喘着气的小驹子。它伸伸下巴，想抬起头来。它那双没有表情的眼睛是海军蓝的颜色。

"该死的，"贝利叫道，"你还不去拿水？你去不去？"

于是，乔迪转身跑出牲口棚。外边已经天亮了。他从喉咙到胃部都觉得难受，两腿又僵硬又沉重。他有了马驹，很想高兴一番，但是贝利·勃克那张满是血渍的脸，那双恐慌、疲惫的眼睛老是浮现在他眼前，不肯离去。

四　人们的首领

一个星期六下午，牧场工人贝利·勃克把去年剩余的干草耙在一起，一小叉一小叉地扔过铁丝围栏去，让几头多少想吃点的牲口去嚼。高空中的云像是一股股炮轰出来的烟，三月的风把它们吹向东去。你听得到山脊上树丛飕飕地响，但是风一点儿吹不进牧场的丘地上。

小男孩乔迪从屋子里出来，嘴里吃着一大块黄油面包。他看见贝利在把剩余的干草。乔迪拖着鞋走路，虽然家里告诉过他，这样拖会把鞋上好好的皮拖坏的。乔迪经过黑黑的柏树的时候，一群白鸽从树上飞起来，绕着树转了一圈，又停在树上。一只半大不大的龟板猫从简易房的廊子里跳出来，用僵硬的脚步跑过大路，转了一圈，又跑了回来。乔迪捡起一块石子，想凑凑热闹，可惜太迟了，石子还没有扔出去，猫已经钻进廊子下头了。他把石子扔到柏树上，害得白鸽又在树上旋转了一圈。

乔迪来到用剩了的干草堆边，靠在有刺的铁丝网上。"就剩这些了，是吗？"他问道。

中年工人耙得很仔细，这会儿他停了下来，把叉子往地上一插。他摘掉黑帽，把头发抹抹平。"没受潮的都在这儿了。"他说。他戴上帽子，把两只干燥、皮革似的手放在一起搓了搓。

"老鼠该挺多的吧。"乔迪说。

"多着呢，"贝利说，"净是老鼠。"

"好，等你都弄完了，我叫狗来捉老鼠。"

"行，你可以叫。"贝利·勃克说。他从地面上叉起一叉湿草，往空中扬去。马上有三只老鼠窜出来，又拼命往草底下钻。

乔迪满意地叹了口气。这些胖乎乎、光溜溜、神气活现的老鼠完蛋了。他们在草堆里生活、繁殖了八个月，猫逮不住，夹子夹不到，毒药用不上，乔迪也奈何不了它们。它们安然无恙，得意扬扬，生得多，吃得胖。现在该倒霉了，它们活不到第二天。

贝利抬头看看牧场周围的山顶。"你最好先问问你父亲再去叫狗来。"他建议道。

"好的，他在哪儿？我这就去问他。"

"他吃完饭骑马上山岭牧场去了。马上会回来的。"

乔迪靠着围栏柱子往下滑。"我看他无所谓。"

贝利继续去干活时警告他说："反正你最好先问问。你知道他这个人。"

乔迪当然知道。在牧场里，不论做什么事，一定要得到他父亲卡尔·蒂弗林亲口答应，不管是大事还是小事。乔迪顺着柱子再往下溜，一直到坐在地上。他抬头看看随风飘去的朵朵小云。"会下雨吗，贝利？"

"可能会下。这风化雨，不过不大。"

"好，我希望等我杀死这些该死的老鼠后再下雨。"他回头望望，看贝利是不是注意到他用了大人赌咒的话。贝利继续干他的活儿，不加评论。

乔迪转过身去，望着山的侧面，那里有一条从山外世界通过来的路。山丘沐浴在三月淡淡的阳光中。鼠尾草丛里开满了银色的蓟花、蓝色的豆花和一些罂粟花。乔迪看到，半山上黑狗"双树杂种"正在挖一只松鼠的洞。它先用爪子扒了一会儿，然后停下，把后腿中间的土踢出来。它挖得非常认真，心里却知道从来没有一条狗在洞里挖到过松鼠。

乔迪正观看的时候，黑狗突然挺直身子，从洞里出来，望着山脊那边大路通过来的豁口。乔迪也往那边望去。卡尔·蒂弗林骑着马出现了，背衬着灰白色的天空，接着打路上跑下山来，朝房子的方向骑去。他手上拿着一件白色的东西。

孩子站起身来。"他收到一封信。"乔迪叫道。他向牧场房子小步跑去，因为他父亲可能会大声念信，他想听听。他比父亲先到家，跑进屋去。他听见卡尔吱吱嘎嘎从马鞍上跳下来，在马身上打了一下，叫它到牲口棚去，贝利会卸下鞍子，再放它出来。

乔迪奔进厨房，叫道："我们有一封信！"

他母亲正在弄豆子，抬头问道："谁有信？"

"爸爸。我见他拿在手上！"

这时卡尔大步走进厨房，乔迪母亲问道："卡尔，谁来的信？"

他马上皱起眉头。"你怎么知道有信？"

她朝乔迪努一努嘴："'了不起'的乔迪说的。"

乔迪感到不自在。

他父亲瞪着他，一副蔑视的样子。"他真是'了不起'，"卡尔说，"别人的事情他都管，就不管他自己的事。什么事他都插一脚。"

蒂弗林太太可怜他。"这，他没有事情可以忙乎。这封信从哪儿来的？"

卡尔还对乔迪皱着眉头。"他要不小心，我会让他忙乎的。"他拿出一封没有拆开的信，"大概是你父亲来的。"

蒂弗林太太从头上拿下一枚发夹，揭开信封。她噘起嘴唇，看上去很谨慎。乔迪看着她眼睛来回地看信。"他说，"她转述说，"他说他星期六来这里住住。你看，今天就是星期六。这封信准是耽误了。"她看了一看邮戳，"是前天寄出的。应该昨天到。"她疑惑地看看丈夫，接着她气得脸色发黑。"你干吗摆出这副脸色？他又不是常来的。"

卡尔见她发火，就把视线转移开了。多数情况是他待她严厉，可有时候她脾气上来，他拗不过她。

"你怎么回事？"她又问。

他解释的时候用一种道歉的口吻，就像乔迪说话似的。"他就是好说话，"卡尔无力地说道，"老说老说。"

"那，说话又怎么样？你自己也说话。"

"我自然说话。但是你父亲说来说去，就说一件事。"

"印第安人！"乔迪高兴地插嘴道，"印第安人，还有横跨平原！"

卡尔凶横地冲着他喊道："你出去，了不起先生！现在走吧！出去！"

乔迪可怜巴巴地从后门出去，特意悄悄地关上纱门。他走到厨房窗户那里，他那双窘迫、沮丧的眼睛看到一块形状古怪的石头，它的样子很好玩，他蹲下身去，捡在手上翻转过来看。

厨房开着窗户，里面的声音听得清清楚楚。"乔迪说得很对，"他听见他父亲说，"就是印第安人和横跨平原。马怎么给赶跑那个故事，我听了大约有一千遍了。他就是说啊说啊，说来说去一个样，连一个字都不改。"

蒂弗林太太回答的时候，语气大改，站在窗外的乔迪不禁抬起头来，不去研究手上的石头。她的口气柔和，是解释性的。乔迪知道她脸上的表情也变得跟语气一样柔和。她轻声说："卡尔，你这么想一想，那是我父亲这一辈子的一件大事。他领着一支车队横跨平原，到达岸边，他做完这件事，他这一辈子也就完了。这是一件大事，但是不能永远做下去。你看！"她接着说，"他好像生来是为做这件事的，这件事完成之后，他就没有什么事可做，只剩下回忆这件事，谈论这件事。如果西部还有地方可去，他早就去了。这是他自己告诉我的。但是，终于到达了海边。他只得止步，住在海边。"

她迷住了卡尔，用她柔和的音调迷住了卡尔，把他缠了起来。

"我见过他，"他轻声地表示同意说，"他往下走去，眺望西面的海洋。"他的声音提高了一点，"接着他跑进'太平洋园林'的马蹄俱乐部里，告诉大家印第安人是怎么偷走马群的。"

她又想把他迷住。"是的。对他来说，这太重要了。你不妨对他耐心一点，装着在听他说的话。"

卡尔不耐烦地转过身去。"好吧，要是太听不下去，我总可以到简易房去，同贝利在一起吧。"他烦躁地说。他穿过房子，随手"砰"地关上前门。

乔迪跑去干他的家务活儿。他把谷子抛给鸡吃，没有去追鸡。他从鸡窝里捡鸡蛋。他抱着柴禾小步跑进屋里，把它们放进柴禾箱，纵横交错，很是仔细，两抱柴禾好像就把箱子装得满出来了。

这时候他母亲已经弄完了豆子。她挑一挑火，用一只火鸡翅膀刷了刷炉灶。乔迪小心翼翼地看着她，想知道她是不是还对他不满。"他今天来吗？"乔迪问道。

"信上是这么说的。"

"我最好路上迎迎他。"

蒂弗林太太"哐当"一声关上炉盖。"这样好，"她说，"有人接他，他会高兴的。"

"我看我这就去吧。"

乔迪到了外面，对着狗尖声吹了一声口哨。"来，上山去。"他命令道。两条狗摇了摇尾巴，跑向前去。路边的鼠尾草长出了新的尖儿。乔迪摘了几片，在手上搓来搓去，搓得空气里净是刺鼻的野草味儿。两条狗蓦地从大路上跳开，狂叫一声，钻进矮树丛里，去追一只兔子。这以后两条狗就不见了，因为它们抓不到兔子就回了家。

乔迪慢慢上山，向山脊顶走去。他来到通路的狭隘的豁口，下午的风吹来，吹起他的头发，吹得他的衬衣打了褶裥。他眺望下面的小山和山脊梁，又往远看见宽阔的、绿色的萨利纳斯谷地。他看得见远方平地上白色的萨利纳斯市镇，看得见西斜的太阳把镇上的玻璃窗照得闪亮。就在他脚底下的一棵橡树上，一群乌鸦正在集会。这棵树上黑压压的一片，乌鸦聚在一起呱呱叫。

这时，乔迪的眼睛沿着山下的车道望去，这条车道消失在一座山的后面，接着又出现在山的另一边。他看见就在这条远处的道上，有一匹栗色的马拖着一辆车缓缓而来。马车消失在山的背后。乔迪坐在地上，望着马车会重新出现的地方。山顶上的风呼呼响，小团小团的云迅疾地往东飘去。

这时，马车出现了，又停了下来。一个身穿黑衣服的男人从座位上跳下来，走到马头跟前。虽然相隔很远，但乔迪知道这个人是在解马缰上的绳扣，因为马低着头往前冲着。马往前挪动，那个人步行在马车旁边，缓缓上山。乔迪高兴得叫了起来，冲下山去迎他们。松鼠冲撞着跑开，离开了大路，一只郭公鸟摇晃着尾巴，飞快地窜过山边，像滑翔机似的飞了出去。

乔迪每走一步总想跳到他自己影子的中央。一块石子在他脚下滚过，他摔了一跤。他跑着，拐过一个小弯，他的外公和马车就在前头不远的地方。孩子感到这么跑着去不好看，就停了下来，端庄地迎向前去。

马儿连走带绊爬上山，老头儿在旁边走着。夕阳西斜，他们身后摇曳着黑色的、巨大的影子。老爷子身穿一套黑色平纹布衣裳，脚穿有松紧带的羊毛半筒靴，短小的衣领上系着一只黑色的领结。他的手里拿着一顶边沿低垂的黑帽子，白胡子剪得齐齐的，白色的眉毛遮着眼睛，倒像是胡子。蓝眼睛神色愉快，却令人生畏。他整个脸上、身上都有一种花岗石似的威严，似乎一举一动都是办不到的事情。一停下来，老人就好像会变成石头，永远不会再动了。他的步伐缓慢而自信。一步跨出去，永远不会退回来；一旦认定了方向，永远不会拐弯，速度不会加快，也不会放慢。

乔迪在弯路上出现的时候，外公慢慢地挥舞他的帽子，表示欢迎，他叫道："啊，乔迪！来接我的，是不是？"

乔迪侧着身子走近去，拐过弯，步子迈得跟他外公一般快慢，挺直身子，还拖着一点儿脚跟。"是的，外公，"他说，"我们今天才收到你的信。"

"应该昨天到，"外公说，"该昨天到。家里人怎么样？"

"都好，外公。"他迟疑了一下，怯生生地提出来，"外公，你明天愿意参加逮老鼠吗？"

"逮老鼠，乔迪？"外公笑了起来，"这一代人已经堕落到逮老鼠了？他们不强壮，新的一代人不强壮，但是我真没想到他们居然逮起老鼠来了。"

"不是的，外公。这是玩玩的。草堆没有了。我想把老鼠赶出来给狗吃。你可以看着，或者拍打拍打草。"

那双严厉而愉快的眼睛朝下瞅着乔迪。"我明白了。那么，你们不是吃老鼠。你们还不至于到这个地步。"

乔迪解释说："老鼠给狗吃，外公。这跟打印第安人大概很不一样吧。"

"不，很不一样——可是到了后来，军队打印第安人的时候，又杀小孩子又烧帐篷什么的，这就跟你逮老鼠没多大区别了。"

他们爬到山顶，又下山到牧场的高地去，太阳已经晒不到他们了。"你长高了，"外公说，"可以说，几乎长了一英寸。"

"不止，"乔迪吹嘘说，"从他们给我在门上画的记号来看，从感恩节以来我长了一寸多。"

外公用浓重的嗓音说道："可能你水喝得太多，都到骨髓和茎部里去了。等你成人了咱们再看。"

乔迪忙抬头看看老人的脸，看他的感情是不是受到了伤害，但是在那双锐敏、蓝色的眼睛里没有损人或者责备的意思，也没有"你放规矩点儿"的神色。乔迪建议："咱们可以杀猪。"

"啊，不行！我才不叫你们杀猪呢。你是在逗我吧。现在不是时候，这一点你知道的。"

"外公，你记得瑞莱这头公猪吧？"

"记得。我记得很清楚。"

"啊哟，瑞莱就在草堆里啃了一个洞，草堆坍了下来，把它闷死了。"

"猪一有机会就喜欢这么干。"外公说。

"瑞莱是一头种猪，是好猪，外公。我有时候骑在它身上，它不在乎。"

在他们脚底下，一扇门"砰"地关上，他们看见乔迪的母亲站在门廊上挥动布裙表示欢迎。他们看见卡尔·希弗林从牲口棚出来，到房子那里去，准备迎接老人。

这时候太阳已经落山。从家里烟囱冒出来的青烟一层层地悬在夕阳霞照的牧场高地上。风势渐弱，小团小团的云彩无精打采地挂在空中。

贝利·勃克从简易房里出发，泼了一脸盆肥皂水在地上。没到周末他就开始在刮胡子，因为他尊重这位老爷子，老爷子也说新的一代人中间没有变成软骨头的只是少数，贝利就是其中的一个。虽然贝利已经是中年人了，但是老爷子把他看成孩子。这会儿，贝利也正急急忙忙往屋子走去。

乔迪和外公到来的时候，这三个人正在院子门前等着他们。

卡尔说："你好。我们一直在等着你哪。"

蒂弗林太太在外公胡子旁边吻了一吻，静静地站在那儿，老人用他宽大的手拍拍她的肩头。贝利庄重地上去握手，在他浅黄色的胡子下面咧着嘴笑。"我替您管马。"贝利说，然后把马车拉走。

外公看着他走开，接着转过身来对着大伙说了几句话，虽然这些话已经说过一百遍："他是个好孩子。我认识他父亲老骡尾巴勃克。我老是不明白为什么叫他骡尾巴，他只是用骡子运过货罢了。"

蒂弗林太太转过身子，领大家进屋子。"爸爸，你要在这儿待多久？你信上没有提。"

"啊，我不知道。我想住两个星期的样子。想是这么想，可是我从来没有待得像我想的那么久。"

不一会儿，他们在白油布铺的桌子边上落座吃晚饭。桌子上方挂着一盏锡罩灯。外面，大飞蛾轻声撞在餐室窗户外边的玻璃上。

外公把肉切成一小块一小块的，慢慢地嚼着。"我饿了。"他说道，"赶到这儿都把我赶饿了。跟我们当时横跨平原一样。我们每天晚上都饿得这么厉害，都来不及等肉烧熟。我每天晚上可以吃五磅野牛肉。"

"老赶路是不是，"贝利说，"我父亲是给政府赶骡的。我从小就帮他赶。我们两个就能吃一条鹿腿。"

"我认识你父亲，贝利，"外公说，"他是一个好人。他们管他叫骡尾巴勃克。我不明白为什么这么叫，他只是用骡子驮货。"

"对了，"贝利同意说，"他赶骡。"

外公放下刀和叉，朝桌子周围的人打量了一圈。"我记得有一阵子我们的肉吃光了……"他的声音低得出奇，嗓门呆板，这是故事讲了多遍以后老一套的音调，"没有野牛，没有羚羊，连兔子都没有。打猎的连一匹狼也打不到。这个时候领头的该操心了。我是领头的，两只眼睛张得大大的。你知道为什么吗？是这样的，人们开始饿的时候，就会杀车队的公牛吃。你们信吗？我听说有的队把驮货的牲口全吃光了。从中间开始吃起，往两头吃。末了吃领头的一对，然后是拉车的牲口。领头的人就得注意不要出现这类事情。"

不知怎的，一只大飞蛾飞进屋里，围着煤油吊灯打转。贝利站起来，用两只手去拍。卡尔卷起手掌，抓住飞蛾，把它弄死。他走到窗前，把它扔出去。

"我刚才说……"外公又开始了，但是卡尔打断了他的话，"你最好再吃点肉。我们正等着吃布丁呢。"

乔迪看见母亲眼里闪过一阵怒意。外公拿起刀和叉。"好吧，我很饿，"他说，"以后再给你们讲这个故事。"

吃完晚饭以后，一家人和贝利·勃克到别的房间，坐在火炉前面，乔迪急切地看着外公。他看到了他所熟悉的迹象：满腮胡子的脑袋向前冲着；两只眼睛严厉的神色不见了，只顾好奇地望着炉火；粗大细长的手指交叉着，放在黑裤子的膝头。"我不知道，"他开口道，"我真不知道我有没有告诉过你们那帮爱偷东西的比由忒斯人怎样赶走我们的三十五匹马的。"

"我记得你讲过，"卡尔打断他，"不正是你们进入达荷地区之前的事吗？"

外公忙回头看他女婿。"对了。我想我一定跟你讲过那个故事。"

"好多遍了。"卡尔不留情地说，回避了妻子的目光。但是，他感觉得到两只愤怒的眼睛正瞅着他。他说："当然，我愿意再听一遍。"

外公回过头去望着炉火。他已经把手指放开了，这会儿又插在一起。乔迪知道外公心里感受如何，他打内里垮了，感到空了。那天下午爸爸不是管他叫"了不起"吗？他要当一当英雄，再去配一配"了不起"这个称号。"给我们讲第安人的故事。"他轻声说。

外公的眼神又严峻起来。"孩子们总喜欢听印第安人的故事。这是大人的事，可是孩子们喜欢听。好吧，我想想。我说没说过我怎么叫每一辆车拉一块长铁板？"

除了乔迪，没有一个人吭声。乔迪说："没有。你没说过。"

"好，印第安人进攻的时候，我们总是把车围成一个圈，我们躲在车轮中间打。我当时想，如果每一辆车都带一块铁板，板上有枪孔，那么，车子围成圈的时候，人们就可以把铁板挡在车轮外面，保护自己。这是救命的办法，铁板虽然加重分量，却是划得来的。可是当然啰，大伙不愿意干。没有人这么干过，他们不明白为什么要费这个事。他们后来也懊悔了。"

乔迪看看母亲，从她的表情看得出她根本没在听。卡尔用手指摸他大拇指上的老茧。贝利·勃克瞧着一只蜘蛛在墙上爬。

外公的声音又成了老一套的调子了。怎么讲，乔迪事先就知道得清清楚楚。故事单调沉闷地说下去，讲到进攻的时候速度加快一点，讲到受伤的时候语调难受一点，讲到大平原上举行葬礼的时候，就改成哀悼的声音。乔迪一边不声不响地坐着，一边看着他的外公。那双庄严的蓝眼睛里不带感情，看来好像他自己对故事也不大有兴趣。

故事讲完了，大家客客气气地等了一会儿，表示对拓荒者的尊重，然后，贝利·勃克站起身来，伸伸腿，钩紧裤子。"我得睡去了。"他说，接着又对老爷子说，"我屋里有一管旧的牛角火药筒，一根雷管，一支弹丸手枪。我以前给您看过吗？"

外公慢慢地点了点头。"看过。我记得你给我看过，贝利。这叫我想起我领着大伙向西去时的一支手枪。"贝利讲究礼貌，站在一边，等外公把那个小故事讲完之后说了一声"晚安"，然后走了出去。

这时卡尔·蒂弗林想转移话题。"从这儿到蒙特雷一路上情况怎么样？听说旱得很。"

"是旱，"外公说，"赛卡湖没有一滴水。不过比 1887 年强一些，那时候整个农村旱得像火药似的。我记得 61 年那一年所有的狼都饿死了。今年我们下了十五英寸①的雨。"

"是啊，可是下得太早了。现在下才好。"卡尔的目光转到乔迪身上，"你还不睡觉去？"

乔迪听话，站了起来。"我可以在草堆里打老鼠吗，爸爸？"

"老鼠？哦！当然可以，把它们都杀光。贝利说都没有什么

---

① 英制长度单位。1 英寸 = 2.54 厘米。

好草了。"

乔迪暗中同外公交换了一个满意的眼色。他答应："我明天会杀得它们一只不留。"

乔迪躺在床上，想到那个印第安人和野牛的世界，那个一去不复返、现在难以想象的世界。他希望自己也能生活在那个英雄的时代，但是他明白自己不是英雄的材料。现在活着的人中间，可能除了贝利·勃克之外，没有一个配得上去做那一番事业。当年活着的是一代巨人，无所畏惧的人，坚强的人，这种人今天荡然无存。乔迪想到那广阔的原野，想到那像蜈蚣似的爬过的车队。他想到他的外公骑着高头白马，编排着大队人马。巨大的幽灵在他的脑子里行进，他们走出大地，他们不见了。

这时候，他回到了牧场的现实中来。他听见万籁寂静中单调、急疾的声响。他听见外面狗窝里有一条狗在抓跳蚤，听见狗每扑一下肘子拍打地板的声音。接着，风又刮了起来，黑色的柏树吱吱嘎嘎地响，乔迪入睡了。

距叫吃早饭的三角铁响前半个小时，他已经起床了。他经过厨房的时候，母亲正捅炉子，叫火旺一点。"你起得早，"她说，"上哪里去？"

"出去找一根好棍儿。我们今天要去打老鼠。"

"'我们'指谁？"

"怎么，外公跟我啊。"

"你把他拉了进去。你老是拉别人，生怕自己挨骂。"

"我这就回来，"乔迪说，"我是想准备好棍子再吃早饭。"

他随手关上纱门。外面是清凉、蔚蓝色的清晨。鸟儿在晨曦中忙碌，牧场的猫像蛇似的从山上直窜下来。它们一直在黑暗中抓地鼠，四只猫肚子里虽然已经填满了地鼠，可是还围在后门口，喵喵地叫着，要吃牛奶，一副可怜相。"双树杂种"和"摔跟头"沿着矮树丛边走边嗅，用严肃的态度执行任务，可是乔迪一吹口哨，它们就猛地抬头，摇晃着尾巴，冲到他身边，边扭动着身子边打呵欠。乔迪一本正经地拍拍它们的脑袋，往前走到风吹日晒的废料堆去。他捡了一把旧的扫帚柄，一小块一英寸见方的废木头。他从兜里掏出一条鞋带，把两头松松地系起来，做成一条连枷。他把这个新式武器在空中一挥，打在地上试了试，把狗吓得跳到一边，害怕地吠叫着。

乔迪转身回去，经过牧场房子，朝草堆走去，想看一看屠杀的战场。但是，耐心地坐在后门台阶上的贝利·勃克向他喊道："你不如回来吧。还有一两分钟就要吃早饭了。"

乔迪折回来，朝房子走去。他把连枷靠在台阶上。"这是赶老鼠用的，"他说，"我敢说它们都养胖了。我敢说它们不知道自己今天要发生什么事。"

"它们不知道，你也不知道，"贝利富于哲理地说道，"我也不知道，谁也不知道。"

这一想法把乔迪弄迷糊了。他知道这话是对的。他的想象即刻离开了逮老鼠这件事。这时他母亲走出来，站在后廊上敲打三角铁，于是种种想法都搅在了一起。

他们坐下的时候，外公还没有来。贝利指指他的空位子。"他挺好吧？没生病吧？"

"他穿衣服慢着呢，"蒂弗林太太说，"捋胡子，擦鞋，刷衣服。"

卡尔在玉米粥里放上糖。"率领一支车队、横跨平原的人，穿着如何，一定得非常考究啰。"

蒂弗林太太冲着他叫道："卡尔，你别这样！请你别这样！"她的语气里威胁多于请求。正是这种威胁的口气把卡尔惹火了。

"那么，我得听多少遍铁板的故事，多少遍三十五匹马的故事？那个时代已经完结了。既然已经完结了，他为什么不把它忘掉？"他越说火气越大，嗓门提得高高的，"他为什么非得说了又说？他穿过大平原，这没错！但现在这件事结束了。谁也不想听了又听。"

进厨房的门轻轻地关上了。坐在桌子边的四个人一动不动。卡尔把舀粥的调羹放在桌上，用手指摸着自己的下巴。

这时，厨房门开了，外公走了进来。他的嘴边挂着不自然的笑容，斜瞟着眼睛。"早上好。"他说着，坐了下来，看着他的那盆粥。

卡尔不肯收场。"您……您听见我说的话了吗？"

外公点了一下头。

"我不知道我心里怎么回事，爸爸。我是无意的。我刚才说着玩呢。"

乔迪怯怯地看着他的母亲，看到她正瞪着卡尔，吓得气都没敢出。爸爸说的话真糟糕。爸爸这样子说，是把自己撕成了碎片。对于他来说，收回一个字就够怕人的了，厚着脸皮往回缩更是可怕的事情。

外公的眼睛望着别处。"我想办法叫自己正常一点，"他轻声说，"我不生气。我不在乎你说的话，你说的可能对，我注意这一点。"

"不对，"卡尔说，"我今天早晨感到不舒服。对不起我刚才说了那些话。"

"别觉得抱歉，卡尔。人老了，有时候看事情看不清楚。可能你是对的。横跨平原的时代已经结束。既然已经结束，也许该把它忘掉。"

卡尔站起身来。"我吃饱了。我干活去。你慢慢吃，贝利！"他急忙走出餐室。贝利大口把他剩下的东西吃掉，立刻跟了出去。但是乔迪不能离开他的椅子。

"您不愿意再讲故事了吗？"乔迪问道。

"怎么，我当然愿意讲，不过只能在——我知道人家想听的时候。"

"我想听，外公。"

"啊哟！当然你想听，可你是一个小孩子。这是大人的事，可只有小孩子愿意听。"

乔迪从他的座位上站起来。"我在外面等您，外公。我做了一根打老鼠的好棍。"

乔迪在大门口等着，等老爷子出来到门廊上。"咱们这就走，打老鼠去。"乔迪叫道。

"我想我就晒晒太阳吧，乔迪，你打去。"

"您喜欢使棍就把这棍给您。"

"不，我就在这里坐一会儿。"

乔迪快快地走掉了，朝旧草堆那个方向走去。他尽量去想那些胖乎乎、肉滋滋的老鼠，提高自己的兴致。他用连枷敲着地。狗在他周围又起哄又吠叫，但是他不能去。他回到家里，见外公坐在廊子上，样子又瘦又小，黑黝黝的。

乔迪不去打老鼠了，他走上台阶，坐在外公的脚边。

"已经回来了？你打死老鼠了吗？"

"没有，外公。我过两天再去打。"

早晨的苍蝇嗡嗡地贴近地面飞着，蚂蚁在台阶前面穿来穿去。鼠尾草浓郁的味道传下山来。门廊上的木板让太阳晒得暖暖的。

外公说话的时候乔迪没有意识到。"照我现在的心情，我不该在这儿待着。"他端详了一阵自己那双强壮而又衰老的手，"我好像感觉当年横跨平原没有什么意思似的。"他的眼睛从山坡上望去，停在一棵枯死了的树枝上一只一动不动的老鹰上。"我讲那些古老的故事，可是我想要告诉大家的不是故事本身。我只知道我讲故事的时候我希望大家有所感受。

"印第安人，冒险的经历，甚至横跨到这里来，这些事都没有什么要紧。一大群人变成一头巨大的爬行动物。我是首领。往西走，往西走。人人都有自己的打算，但这一头巨大的动物所要求的就是往西走。我是领头的，如果我没有去，会有别的人领头。事情总得有一个头。

"大白天，矮树丛下面，影子是黑的。我们终于见到了山，我们叫了起来——都叫了起来。但是要紧的不是到这儿来，要紧的是前进，往西去。

　　"我们把生活带到这里来，像那些蚂蚁推蛋似的把生活固定了下来。我是领头的。往西走这件事像上帝一样伟大，慢慢地一步步走去，越走越远，越走越远，一直到把陆地走完。

　　"于是，我们到了大海，这就完了。"他停了下来，擦擦眼睛，擦得眼圈发红，"我要讲的是这一点，不是故事。"

　　这时，乔迪说话了，外公吃了一惊，看着他。"说不定哪天我会领着人们往西去。"乔迪说。

　　老人笑了。"现在没有地方可去了。那头是海，过不去。海边住着一长溜老头儿，他们痛恨大海，因为大海挡了他们的去路。"

　　"我可以坐船，外公。"

　　"没有地方好去，乔迪。处处都被占领了。但是，这还不是最糟糕的——不，不是最糟糕的。人们已经没有往西去的精神了。不再渴望往西去了。已经完了。你父亲说得对。这已经完了。"他在膝盖上交叉着手指，望着它们。

　　乔迪觉得非常难过。"您要一杯柠檬水吧，我给您调去。"

　　外公正想说不要，这时他见到乔迪的脸色。"好的，"他说，"好，喝一杯柠檬水好。"

　　乔迪跑进厨房，他母亲正在洗早餐的最后一只盆子。"我可以拿一个柠檬给外公调一杯柠檬水吗？"

　　他母亲学他的腔调："再要一只给你自己调一杯。"

　　"不，妈妈。我不要。"

　　"乔迪！你病啦！"这时，她突然停住了，"到冷藏箱里拿一个，"她温和地说道，"我给你把榨果器拿下来。"

诺贝尔文学奖授奖词

　　约翰·斯坦贝克，今年的诺贝尔文学奖获得者，出生在加利福尼亚州的萨利纳斯市，邻近肥沃的萨利纳斯谷地，离太平洋海岸只有几里远。这个地点成为他的许多描写普通人日常生活的作品背景。他是在中等的生活环境中长大的，但他仍与这个多种经营地区里的工人家庭处于平等地位。在斯坦福大学念书时，他必须经常去农场做工挣钱。他没有毕业就离开了斯坦福大学，于1925年前往纽约当一名自由作家。经历了几年痛苦的奋斗，他返回加利福尼亚，在海边一幢孤独的小屋里安了家。在那里，他继续写作。

　　在1935年以前，他已经写了几本书，但他是以这年的《煎饼坪》一炮打响而出名的。他向读者提供了一群珀萨诺斯人（西班牙人、印第安人和白人的混血儿）的有趣好笑的故事。他们是些游离社会的人，在狂欢宴乐时，简直是亚瑟王圆桌骑士的漫画化。据说，美国当时弥漫着阴郁的沮丧情绪，这部作品成了一帖受人欢迎的解毒剂。这回轮到斯坦贝克笑了。

　　但他无意成为一个不得罪人的安慰者和逗乐者。他选择的主题是严肃的和揭露性的，例如他在长篇小说《胜负未决》（1936）中刻画加利福尼亚果树和棉花种植园里艰苦的罢工斗争。在这些年中，他的文学风格的力量稳步增长。《人鼠之间》(1937)是一部中篇杰作，讲述莱尼的故事：这位力大无比的低能儿，完全是出于柔情，却掐死一切落入他手中的生物。接着是那些无与伦比的短篇小说，汇集在《长谷》(1938)中。这一切为他的伟大作品《愤怒的葡萄》(1939)铺平了道路。这是一部史诗式的叙事作品，斯坦贝克的名声主要与它相连。这部作品讲述一群人由于失业和当局滥用权力，被迫从俄克拉荷马向加利福尼亚迁徙。美国社会史上这段悲剧性插曲激发了斯坦贝克的灵感，他生动地描写了一个农民及其家庭为了寻找一个新家所经历的漫长而伤心的流浪生活。

在这篇简短的授奖词里，不可能充分介绍斯坦贝克此后的每部作品。如果批评家时不时地似乎注意到某些力量减弱的迹象，某些可能表明生命力衰退的重复的迹象，斯坦贝克以去年出版的长篇小说《烦恼的冬天》(1961)，彻底打消了他们的疑虑。在这部作品中，他达到了《愤怒的葡萄》树立的同样标准。他再次坚持他作为一个独立的真理阐释者的立场，以一种不偏不倚的直觉，面对真正的美国，无论是好是坏。

在这部新近的小说中，主人公是一位生活每况愈下的家庭主人。他从战场退役后，事事遭逢挫折，最后在他先辈的新英格兰镇上当了一名杂货店店员。他为人诚实，从不无故抱怨。他不断受到那些发财致富手段的诱惑。然而，这些手段既要求精明头脑，又要求冷酷心肠，他无法将这些东西汇集一身而不丧失他的完整人格。他的敏感的良心像一面闪烁的多棱镜，生动地呈现出与国计民生息息相关的全部问题。这部作品没有为此进行任何理论推断，而是运用具体的、甚至是琐屑的日常生活场面。尽管如此，这些描写令人信服，具有斯坦贝克生动活泼的现实主义笔触的全部魅力。即使他注重事实，仍然有一种围绕生和死这个永恒主题进行幻想和思索的和声。

斯坦贝克最近的一部作品记叙他三个月里漫游美国四十个州的经历（《查利偕游记》，1962）。他驾驶一辆小卡车旅行，车上配有一间小房子，他在里面睡觉和存放生活必需品。他微服而行，唯一的伙伴是一条黑毛狮子狗。我们在这里看到他是一位富有经验的观察家和说理者。他令人钦佩地对地方风貌作了系列考察，重新发现他的国家和人民。这部作品采用灵活自由的笔法，也是一部有力的社会批评著作。这位驾驶"驽骍难得"（他给他的卡车起的名字）的旅行家略微显示出颂古非今的倾向，虽然十分明显，但是他警惕堕入魔道。当他看到推土机铲平西雅图葱翠的森林，以便疯狂地扩建住宅区和摩天楼时，他说道："我感到惊讶，为什么进步常常看似毁灭。"无论如何，这是一种最切合时势的思考，在美国之外也完全适用。

在已经获得这个奖金的现代美国文学大师中——从辛克莱·路易斯到欧内斯特·海明威——斯坦贝克更加坚守自己的立场，在地位和成就上独立不羁。他具有一种冷峻的幽默气质，这在一定程度上补救了他的经常是残酷和粗野的主题。他的同情心始终赋予被压迫者，赋予不合时宜者和不幸者。他喜欢将纯朴的生活欢乐与残忍的、玩世不恭的金钱欲相对照。但是，我们也从他身上，从他对自然，对耕地、荒地、山岭和海岸的炽烈感情中，发现美国人的性格。人类世界里里外外的这一切是斯坦贝克取之不竭的灵感源泉。

瑞典学院授予约翰·斯坦贝克这份奖金，以表彰他"通过现实主义的富于想象的创作，表现出富于同情的幽默和对社会的敏锐的观察"。

亲爱的斯坦贝克先生，你对于瑞典公众，一如你对于你本国和全世界的公众，不是陌生人。你以你最杰出的作品，已经成为友善和博爱的导师、人类价值的卫士。这完全符合诺贝尔奖的本意。为表达瑞典学院的祝贺，我现在请你从国王陛下手中接受今年的诺贝尔文学奖金。

（黄宝生　译）

约翰·斯坦贝克
受奖演说

感谢瑞典学院发现我的工作配受这份最高荣誉。

我内心或许怀疑我比我敬重的其他文学家更配接受诺贝尔奖，但无疑我为我本人获得它而感到高兴和骄傲。

按照惯例，这份奖金的获得者应该就文学的性质和方向发表个人的或学者式的评论。然而，在这个特殊时刻，我认为最好还是考虑一下作家的崇高义务和责任。

诺贝尔奖和我站立的这个地方深孚众望，迫使我不像一只谢恩致歉的小耗子那样叽叽吱吱，而是满怀对我的职业和历代从事这项职业的优秀匠师的骄傲感，像一头狮子那样发出吼声。

那些苍白无力而冷峻苛刻的教士在空虚的教堂里诵唱连祷文，文学不由他们传播。文学也不是供那些隐居修道院的上帝选民，那些缺乏热量、绝望无聊的托钵僧消遣的游戏。

文学像言语一样古老。它产生于人类对它的需要。除了变得更加需要，它别无变化。

诵唱诗人、吟游诗人和作家并不互相隔绝和排斥。从一开始，他们的功能，他们的义务，他们的责任，都已由我们人类作出规定。

人类一直在通过一个灰暗、荒凉的混乱时代。我的伟大的前驱威廉·福克纳在这里讲话时，称它为普遍恐惧的悲剧：它如此持久，以致不再存在精神的问题，唯独自我搏斗的人心才似乎值得一写。

福克纳比大多数人更了解人的力量和人的弱点。他知道，认识和解决这种恐惧是作家存在的主要理由。

这不是新发明。古代的作家使命没有改变。作家有责任揭露我们许多沉痛的错误和失败，把我们阴暗凶险的梦打捞出来，暴露在光天化日之下，以利于改善。

而且，作家受委托宣示和称颂人类既有的心灵和精神的伟大能力，面对失败不气馁的能力，勇敢、怜悯和爱的能力。在与软弱和绝望进行的漫长战争中，这些是希望和竞争的光辉旗帜。

我认为，一个作家如不满怀激情，相信人有可能达到完美，那他既无献身文学的精神，也无列入文学队伍的资格。

我们处在认识和操纵物质世界某些危险因素的长河中，目前的普遍恐惧产生于这一长河的先头浪潮。

确实，其他层次的理解力尚未追上这一伟大步伐，但没有理由猜测它们不能或不会迎头赶上。事实上，对此作出肯定的回答，正是作家的责任。

人类经历了漫长的光荣历史，坚定地抵御自然的敌人，有时几乎面对不可逆转的失败和灭绝。在我们有可能取得最伟大胜利的前夕，如果放弃阵地，那是怯懦和愚蠢的行为。

可以理解，我一直在读阿尔弗雷德·诺贝尔的传记，书上说他是个孤寂的、富有思想的人。他成功地释放了炸药的能量。这些能量可以造福，可以作恶，但它们不会选择，不受良心或判断力支配。

诺贝尔看到他的发明被人滥用，造成残酷、血腥的后果。他甚至可能预见到他的研究的最终结果通向极端的暴力，通向彻底的毁灭。有些人说他变得玩世不恭，但我不相信。我认为他竭力想发明一种控制物，一种安全阀。我认为他最终在人的头脑和人的精神中找到了它。在我看来，他的想法清晰地展示在这些奖金的类目中。

它们用于不断拓展对人类及其世界的认识，用于理解和交流，而这正是文学的功能。它们还用于展示高于其他一切的和平的能力。

在他死后不足半个世纪中，自然之门已被打开，选择的重负可怕地落到我们肩上。

我们已经夺取了许多曾经归于上帝的权力。

满怀恐惧，毫无准备，我们已经僭取了全世界所有生物的生杀大权。

危险、光荣和选择最终取决于人。人是否能达到完美，考验就在眼前。

已经取得上帝般的权力，我们只能从自身中寻找以往向神祈求的责任和智慧。

人本身成了我们最大的危险和唯一的希望。

因此，在今天，使徒圣约翰的话完全可以译成这样：最终是言词，言词是人，言词与人同在。

（黄宝生　译）

生平年表

1902 年　　　　出生于加利福尼亚州的萨利纳斯市。父亲约
　　　　　　　翰·恩斯特·斯坦贝克内战后迁居西部，经营
　　　　　　　面粉厂，并担任蒙持里县政府会计多年；母亲
　　　　　　　奥莉维·汉密尔顿是小学教师。小斯坦贝克童
　　　　　　　年读书很多。

1919 年　　　　高中毕业，在校时担任班长，假期常去附近牧
　　　　　　　场当雇工。

1920—1925 年　就读于斯坦福大学，但常中断，或去牧场当雇
　　　　　　　工，或当筑路工人，或在甜菜厂当化学师，同
　　　　　　　时学习写作。

1925 年　　　　离开斯坦福大学，未得学位。去纽约，想当作
　　　　　　　家。做过工人和记者，作品未获发表。

1926—1929 年　回加州，做各种非技术工，一度在塔和湖畔狩
　　　　　　　猎场当看守，因失职被解雇。继续写作。

1929 年　　　　出版第一部长篇小说《金杯》，内容为一名
　　　　　　　海盗怎样成为总督，小说副标题为"海盗亨
　　　　　　　利·摩根爵士的生平故事"。

1930 年　　　　结婚，迁居"太平洋林地"，结识海洋生物学
　　　　　　　家艾达·里克兹，后成为毕生好友。

1932 年　出版长篇小说《天堂牧场》，该书以插曲形式描写加州
　　　　几家农民的故事。

　　　　迁居洛杉矶。

1933 年　出版长篇小说《献给一位未知的神》，描写一个家族西
　　　　迁加州拓荒的故事。

　　　　《北美人》发表《小红马》的前两部分。

　　　　迁回蒙特里。

1934 年　短篇小说《谋害》获欧·亨利奖。

1935 年　出版中篇小说《煎饼坪》，小说描写一群流浪汉的生活
　　　　和友谊。该书获加利福尼亚州俱乐部年度金牌奖。从
　　　　这本书起，斯坦贝克的作品为评论界所注意。

1936 年　出版长篇小说《胜负未决》，小说描写果园的罢工斗
　　　　争，获加利福尼亚州 1936 年最佳小说奖。调查萨利纳
　　　　斯与倍克斯菲尔德地区流浪雇工的生活状况并发表报
　　　　道。去墨西哥旅行。

1937 年　发表中篇小说《人鼠之间》，内容是流浪的农田季节工
　　　　人生活理想的幻灭。该书马上畅销，为"每月读书会
　　　　俱乐部"选中；改编成剧本后在纽约上演，深受欢迎，
　　　　获"纽约戏剧评论社"季度奖。

　　　　经纽约赴英国、瑞典和苏联旅行。回国后加入俄克拉
　　　　荷马农田季节工人西迁的队伍，直到加利福尼亚。

　　　　《哈珀氏》发表《小红马》的第三部分。

1938 年　出版短篇小说集《长谷》，收入十三篇。

1939 年　出版《愤怒的葡萄》，该书以美国经济大恐慌时期为背景，描写中西部各州农民破产、逃荒和斗争。发表后引起轰动，促使政府对农田季节工人生活状况进行调查。

当选为全国艺术与文学院会员。

1940 年　《愤怒的葡萄》获普利策奖、"美国畅销书协会奖"和"今日社会服务工作奖"。

与里克兹在加州海湾作水域探险。

去墨西哥为电影《被遗忘的村庄》撰写解说词。

1941 年　出版与里克兹合写的专著《柯特兹海》。

1942 年　离婚。

出版为空军撰写的著作《投弹》。

出版中篇小说《月亮下去了》，引起争论。改编为剧本在纽约上演后，继续引起争论。《月亮下去了》被译为多种欧洲文字。

1943 年　再婚，迁居纽约。

任纽约《先驱论坛报》驻欧记者，在英国、北非、意大利等地撰写有关第二次世界大战的通讯报道。

《月亮下去了》拍摄成电影。

1945 年　出版中篇小说《罐头厂街》，写小镇生活，回复到《煎饼坪》的喜剧风格。

再版《小红马》，增第四部分。

1946 年　《月亮下去了》获挪威国王哈肯颁赠的"自由十字

勋章"。

1947 年　出版取材于墨西哥民间传说的中篇小说《珍珠》。初稿
　　　　　原名《世界的珍珠》，刊登于《妇女家庭良友》杂志
　　　　　（1945 年第 12 期）。成书后拍摄成电影。

　　　　　出版中篇小说《不称心的客车》，写一个任性的司机和
　　　　　各类旅客的表现。

　　　　　与摄影家罗伯特·卡巴访问苏联。

1948 年　入选美国文学研究院。

　　　　　与卡巴合写的《旅俄日记》出版。

　　　　　又离婚。艾达·里克兹死于车祸。

1949 年　《小红马》改编为电影上映。

1950 年　出版中篇小说《烈焰》。

　　　　　与爱琳·司各脱结婚。

1952 年　出版长篇小说《伊甸之东》，写两个家族西迁加州后的
　　　　　变化发展。

1953 年　去欧洲为《柯里尔》等杂志撰写各种题材的散文。

　　　　　自选并出版《约翰·斯坦贝克中篇小说》，收入《煎饼
　　　　　坪》《小红马》《人鼠之间》《月亮下去了》《罐头厂街》
　　　　　《珍珠》等六篇。

1954 年　出版中篇小说《甜蜜的星期四》，小说为《罐头厂街》
　　　　　的续编，反映西部小镇的喜剧性生活。后改编为轻歌
　　　　　剧上演。

1957 年　出版长篇小说《丕平四世的短命王朝》，副题为"虚构

捏造之作"，是以法国为背景的滑稽故事。

1958 年　出版战地通讯集《过去有一场战争》。

1961 年　出版最后一部长篇小说《烦恼的冬天》。小说系严肃文
学作品，以美国东部新英格兰地区为背景，反映战后
美国中产阶级精神生活的衰蜕。

1962 年　出版环游美国的旅行札记《查利偕游记》，考察战后美
国各地区的生活。

12 月获诺贝尔文学奖，以表彰他"通过现实主义的、
富于想象的创作，表现出富于同情的幽默和对社会的
敏锐的观察"。

1964 年　获"自由新闻勋章"与"合众国自由勋章"。

1965 年　为《每日新闻》撰写专栏，包括越战报道。

1968 年　病逝，葬于萨利纳斯。

（董衡巽　辑）